BRINCA-DEIRAS À PARTE

BRINCADEIRAS À PARTE

LETRUX

Planeta

PREPARAÇÃO: Marcela Prada Neublum
REVISÃO: Fernanda França e Lígia Alves
PROJETO GRÁFICO E DIAGRAMAÇÃO: Nine Editorial
EMOJIS: Envato elements/ Icons8
CAPA: Pedro Colombo

dados internacionais de catalogação na publicação (cip)
angélica ilacqua crb-8/7057

Letrux
Brincadeiras à parte / Letrux. - São Paulo : Planeta do Brasil, 2025.
176 p. : color.

ISBN 978-85-422-3740-5

1. Ficção brasileira I. Título

25-2991 CDD B869.3

Índice para catálogo sistemático:
1. Ficção brasileira

MISTO
Papel | Apoiando o manejo florestal responsável
FSC® C005648
www.fsc.org

Ao escolher este livro, você está apoiando o manejo responsável das florestas do mundo

2025
Todos os direitos desta edição reservados à
Editora Planeta do Brasil Ltda.
Rua Bela Cintra, 986, 4º andar – Consolação
São Paulo – SP – CEP 01415-002
www.planetadelivros.com.br
faleconosco@editoraplaneta.com.br

Brincando, pode-se dizer tudo. Até a verdade.

Sigmund Freud

/ BRINCADEIRAS À PARTE

1 / LOTERIA

Games, changes and fears
When will they go from here?
When will they stop?

Macy Gray

Quando uma criança passa a testa muito perto de uma quina de mesa, eu sinto um gelo forte no cu. Dura segundos, mas, fosse medida minha temperatura anal, perceberiam o congelamento do local. Diz que pode ser negócio de outras vidas. N'outra vida parece que morri batendo a cabeça numa quina de mesa. Devia ser criança, ao que parece. Tentei segredar para poucas pessoas essa minha sensação excruciante, mas todas riram e protestaram. "Todo mundo sente isso, Glória!" Tive preguiça de validar quão gélido de fato meu cu ficava e acabei deixando pra lá. Talvez toda gente de fato gele o cu na iminência de uma testa infantil ser rasgada ou perfurada por uma quina de mesa.

Ritinha está dançando na sala, perto da mesa, de um jeito bem biruta, o que é motivo de meu fascínio absoluto com crianças. E também o motivo d'eu não as ter. Estar perto de crianças me deixa biruta, pois me sinto confortável para estar no nível delas. Não assumo a responsabilidade esperada, pelo contrário, acho atraente fazer uma regressão momentânea. Isso já me custou muito. Na rua, em casa. Sou proibida de sair com Ritinha. Dentro de casa permitem porque estão sempre de olho, mas, a qualquer bobeada minha, me cortam. Gisele é insuportável e com uma voz bem estridente, adora me castrar quando estou em ondas com sua filha. Ela esquece que a filha dela é minha sobrinha e esses elos são diferentes. Ela esquece que, mesmo eu podendo voltar a ser criança com Ritinha, eu me preocupo se ela vai ou não tomar pontos na cabeça. A regressão não é total, infelizmente.

Estou na casa dessa mala porque hoje é a noite da premiação da revista *Ilustres*. Você sabe. Uma dessas revistas com fotos das celebridades. Dentro de suas casas constrangedoramente imensas, fotos mais constrangedoras em cima da cama, da cara delas, do peito delas, do rego delas, dos herdeiros delas. As celebridades acham importante sair na *Ilustres*. Traz prestígio e é motivo de orgulho. Mesmo a revista sendo apenas trimestral, o site é constante. As redes sociais são diárias. Todo mundo finge que não vê e não liga, mas é sabido que todo mundo vê. E liga.

Há uns bons anos, a *Ilustres* começou a fazer uma premiação das melhores coisas do ano. Melhor ator, melhor atriz, melhor música, melhor filme, melhor novela. Uma grande mistura alucinada e sem muitos critérios. Sem nenhum respeito aos mortos que ali passaram, alugam o Theatro Municipal do Rio de Janeiro. As marcas injetam milhões, e a premiação ocorre numa noite cafona e estranha.

Infelizmente, minha irmã é atriz. E está indicada. Estamos na sua casa, ela está se maquiando para o seu grande dia. Enquanto isso, minha mãe e eu estamos olhando Ritinha e fazendo escova no cabelo com um profissional contratado pela minha irmã. Ela faz questão de dizer que foi baratinho, para eu não me preocupar. "Só quinhentos reais cada escova, acredita?" Minha irmã é ser delirante e acha que, a partir do momento em que ela começou a enriquecer, a gente também. Não faz ideia de quanto uma dubladora ganha. Me fodo mensalmente para dar conta. Nossa mãe, então, coitada. Uma aposentadoria chinfrim, Gisele até ajuda, mas de forma aleatória, quando quer bancar a boa samaritana. Não pergunta de fato: "E aí, como tá esse mês?". Eu não peço um tostão pois não quero criar vínculos com uma pessoa que já me esganiçou e me espancou e depois fez uma campanha para uma ONG que apoia mulheres que sofreram violência doméstica, dizendo: "Não se bate em mulher nem com uma flor". Não era essa a frase, mas era tão cafona que poderia ter sido. Vomitei a noite inteira. Quando fui agredida e quando vi a campanha. A carinha dela no Instagram com aquela vozinha de sonsa. Finjo que perdoei, mas não esqueço. Minha irmã me esganiçou e me espancou uma vez numa viagem para o meio do mato. Sem nenhum motivo aparente. Ela deve ter sido contrariada e, manipuladora e narcisista que é, quis resolver na porrada. Com mais de quarenta anos. É vergonhoso se não fosse absurdo. Não contei pra minha mãe porque suspeitei que minha mãe bateria nela, num ato de vingança doentia. Somos latinas, gregas, mexicanas, brasileiras e complicadas. E minha irmã, tosca como é, poderia vir a público dizer que a mãe bateu nela. Mas ela mesma assumir que bateu em mim, jamais. Essa é Gisele.

— A mamãe vai ganhar um prêmio, vovó?

Minha mãe é tão maluca que fala com a neta como se estivesse falando com uma amiga de setenta anos.

— Não se sabe ainda, sua mãe foi indicada a melhor atriz do prêmio da revista *Ilustres*, uma revista que premia os melhores da televisão, mas a competição é acirrada. E um pouco idiota. O papel da sua mãe foi queridinho do público, mas com uma curva dramática um pouco fraca... Nada digno de prêmio. Se bem que, se em Hollywood você precisa ficar feia para ganhar prêmio, no Brasil você só precisa falar bordões e torcer para as pessoas repetirem.

Quase engasgo de tanto rir. Minha mãe é muito figura. Não é a vovó fofa, é a vovó que manda na lata. Por sorte, Gisele estava fora da sala nesse momento, falando com o novo namorado. O maquiador e os cabeleireiros olharam para minha mãe e riram. Ritinha continuou dançando, e eu tentando lembrar qual foi o bordão da minha irmã nessa novela. Não consigo.

— Você não vai se manifestar lá hoje não, né, sua biruta? — minha irmã me pergunta de um jeito superestranho, como se eu fosse uma bandida. Continuo recebendo a escova e apenas fecho os olhos esperando que ela entenda que isso significa "não", mas que, se ela me encher muito o saco, posso mudar de ideia e armar um tumulto.

"If the rebel in me can touch the rebel in you, and the rebel in you can touch the rebel in me."[1] Jimmy Cliff entra aleatoriamente na playlist bem nessa hora. Minha vida é assim, recados são dados no ar e é melhor Gisele me respeitar, pois a vida está do meu lado, embora isso não signifique

1. "Se a rebelde em mim puder tocar a rebelde em você, e a rebelde em você puder tocar a rebelde em mim."

dinheiro. Abro os olhos e a encaro intensamente enquanto repito *IF THE REBEL IN ME*. Lá pelas tantas, Gilberto Gil canta que a paz invadiu o coração dele, agora é a vez de Gisele me olhar enquanto repete a palavra PAZ, está vingada pelas escolhas randômicas telepáticas da playlist, com olhar de "nem vem". E, de fato, hoje não vou. Não é dia d'eu causar bafafá, sinto.

Quando eu era criança, sonhei com seis números específicos. Acordei e só desenhava esses números, uma maluquice. Ninguém entendia nada. Fiquei obcecada mesmo. Tentaram até ligar para combinações dos números, mas o telefone nem existia. Eu via esses números em tudo, no relógio, no formato do feijão em cima do arroz, alguém gritava na rua os números (juro), sonhava com a sequência dos números, encontrava manchas no meu corpo que pareciam os números, enfim, estava ficando um pouco louca já quando o porteiro do meu prédio soube que eu tinha essa mania e um dia me disse pra passar na casa dele, que era uma salinha micra no térreo do prédio. Fui bem cedo, antes da escola, e vi Rubens vestido de mulher. Achei tranquilo. Ele nem tanto, e saiu falando que nem uma matraca para disfarçar: "Glorinha, esses seis números vão lhe dar muita riqueza um dia, joga na Mega-Sena, lindinha. Fé em Deus que você ganha. E se não for de primeira, vai de segunda, eu sinto, Glorinha, eu sinto mesmo". Não comentei com ninguém que vi o porteiro vestido de mulher, cheguei inclusive a achá-lo mais bonito assim. Resolvi obedecer e pedi para minha mãe jogar pra mim, mas ela esquecia ou prometia que no dia seguinte. Ninguém na família tinha essa prática. Esperei alguns anos e aí, um pouco maior, comecei a jogar os mesmos números sempre. Sempre mesmo. Nunca perdi um dia, feriado, nada. Não jogo mais, tenho preguiça de jogos inclusive, mas a obsessão da infância me dera um alerta maior do que a razão, e até online jogava, caso não conseguisse ir a uma casa lotérica. Cheguei a acertar uma quadra, mas os seis juntos, nunca rolava. A quadra me rendeu trezentos e cinquenta reais, uma bobagem. Não gosto de pensar no quanto perdi jogando, porque acredito que algo maior está para acontecer. Uma certeza alucinada me guia, e faço minhas compensações. O dinheiro que gastei é um dinheiro que eu usaria para comprar um produto melhor no supermercado, mas não me incomodo com os genéricos. Nos Réveillons, mantenho a tradição e invisto nos números; como a quantia é absurda e dá pra salvar ou comprar países, estendo meus números a pessoas que amo: fazemos um bolão de dez, doze pessoas. Mas ninguém sabe que eu jogo esses números toda semana, todo jogo. Vão julgar, e nem sei se alguém ali arranca as unhas e cheira. Pois então. Esse é meu segredo meio sujo.

Há uns dois anos, fui presa numa marcha pela legalização do aborto. Um tira babaca veio pra cima da gente, e eu sempre recorro à escatologia quando as palavras não bastam. Eu pedi para eles se afastarem, e nada. Aí acumulei saliva e cuspi no chão. O corpo demonstrando o que não consigo dizer. Uso muito essa tática em confrontos com homens, principalmente. Com mulheres usei pouco porque fico em choque quando uma mulher me ataca. Mas, depois de Gisele, estou mais preparada. Escaldada. Bem, os tiras ficaram bolados com minha cusparada e eu fui levada. A coisa foi feia, mas não tão feia a ponto de ter dormido no recinto. Mas passei muitas horas. A tarde toda, a noite toda. A sorte é que somos um grupo unido e forte e há uma advogada sinistra que me salvou do absurdo. Não consegui jogar na Mega-Sena naquele dia. Estava lá, presa, sem celular, não pude pedir pra ninguém. Nessa época, minha mãe já achava um absurdo eu gastar dinheiro com isso. E Gisele gargalhava de mim e dizia, bem nojentamente, que só o trabalho compensa, só o que é verdade é o trabalho árduo.

E aí.

E aí.

E aí.

Vocês já sabem. Na única vez na vida que não joguei os números que afloraram na minha infância, eles foram sorteados. Antes de conferir, pensei se deveria. Era melhor nem ver, mas aquilo já fazia parte da minha dinâmica de vida e quando vi, surtei. Surtei. Minha irmã queria me internar numa clínica, escrota. Minha mãe queria que eu fosse para um retiro de silêncio, doida. Imagina ficar em silêncio quando eu só queria xingar Deus, o mundo, o azar. Nunca fui pobre, mas também nunca tive dinheiro. Meu pai foi comprar cigarros, cervejas, sapatos, charutos, meu pai foi comprar um supermercado inteiro e nunca mais voltou. Minha mãe sempre foi tresloucada, "mexia com teatro", meio atriz, meio produtora, meio camareira, imagine, dinheiro não parava muito. Minha irmã ficou rica cedo, modelo, depois atriz, aquela coisa, aquele pacote. Ganho dinheiro com minha voz, sou dubladora. De vez em quando reconhecem, mas é raro. É bonito ganhar dinheiro com a voz, mas é pouco, preciso confessar caso você tenha se animado. Minha irmã adora ter mais dinheiro do que eu, do que a mãe. Ela sente prazer em ter. Não em ter conquistado, o que acho inusitado. Nunca peço emprestado, mas ela de vez em quando insiste em dar, e eu também não vou negar. Quer esbanjar? Então me dá essa porra, sua vaca.

Comecei a ficar cheia de tique depois desse ocorrido. A galera da dublagem achou que eu estava usando drogas, e eu até estava, mas muito pouco. Para o trauma que eu vivi, precisava de mais drogas, até.

Minha irmã já se separou muitas vezes. Minha mãe e eu temos uma piada interna: "Gisele Rocha e fulano de tal permanecem se admirando mutuamente, mas agora como amigos", o maior fofoqueiro do país escrevia toda vez. E o fulano de tal jogava coisas pela janela, minha irmã esmurrava a porta, xingamentos pela casa inteira, minha mãe me pedia ajuda por mensagem de celular: "*Help!* Sua irmã e o namorado permanecem se admirando, mas agora como amigos". Era a frase para saber que a merda ia explodir no ventilador. Minha mãe morava na casa ao lado e ouvia os horrores. Às vezes eu ia ajudar. Mas depois que a violência caiu em mim, não mais. Onze vezes, não estou brincando. Nas onze vezes, minha irmã disse: "Dessa vez me apaixonei de verdade". Parte de mim queria admirar minha irmã e pensar que ela é verdadeira com as próprias ações e palavras. Mas a volatilidade impera. E ela é do tipo que escreve em posts no Instagram: "Esse bruxo chegou na minha vida para balançar todas as minhas estruturas, e eu sabia que minha vida ia mudar". Bela foto do casal se beijando. Corta para um mês depois ela tendo que apagar a foto porque ela e o tal bruxo tiveram a pior briga da história. Tudo bem. Famoso "quem nunca?". Mas me pergunto se ela já bateu em algum ex. Teve um que entrou em contato comigo, mas morro de medo do cara só querer extorquir grana. Quero que ela se foda, mas aí fala com ela, bonitão. Se quiser falar comigo, quero falar sobre traumas e agressões. Que *bad* do caralho. Será que ela bateu nesse maluco? Ou só em mim mesmo? Porque sou mulher. Irmã caçula. Ela diz que não lembra, ela diz que eu provoquei. Não falamos mais disso por um tempo. Minha analista diz que não tem solução. Minha irmã não elabora nada, é fútil e leviana. Faz terapia com uma pessoa que diz "eu te amo" pra ela. Juro. Mamãe e eu rimos quando soubemos, depois ficamos preocupadas com as consequências que nos afetam, mas há uns anos ela já desistiu de Gisele. Eu ainda me choco. Lembro de uma vez que tentei me lamentar sobre a falta de figura paterna nas nossas vidas. Gisele chegou a conhecer nosso pai, tem até lembranças. Eu não. Acho que sim, mas talvez seja a ilusão de uma foto. E um dia desabafei em tom leve, nada pesado: "Ah, não aguento mais falar sobre nosso pai na análise". Ao que ela disse: "Eu nunca falo sobre ele ou sobre nossa mãe na terapia". Estatelei-me e entendi muita coisa. Só não entendi como éramos irmãs.

Acabo achando que vou querer, sim, causar um bafafá na premiação e resolvo não ir. Há dias que quero tacar fogo, mas hoje sinto um alerta de perigo. Sinto que posso me machucar. Causaria, seria espetacular, mas eu me machucaria também. Melhor não. E eu só queria ferir um pouco minha irmã. Constrangê-la de leve. Mas tudo poderia respingar em Ritinha, em mim. Então, hoje não. Fica pra próxima. O tombo virá, mas melhor outro dia. Estou com os cabelos escovados, mas me proponho a ficar com minha sobrinha, que está numa fase de se machucar de meia em meia hora. Ao mesmo tempo que é bom ter consciência corporal, também deve ser muito livre apenas ser um corpo solto e com outras pessoas mais qualificadas que tomam conta se você vai ou não rasgar a cabeça. Gostaria que alguém estivesse cuidando se minha cabeça está passando muito perto de quinas ou não. Minha irmã fica feliz que eu não vou, percebo. Diz que a babá também vai ficar, pois já combinou com ela. Digo que ok, pois me dou bem com Cinthia.

Acompanhamos a premiação em algum site. Há pessoas não preparadas e constrangedoras na escadaria do teatro perguntando idiotices como: "Quem é sua dermatologista?". Lembro da época em que perguntavam de onde era seu vestido. Mas o mais caro agora não é mais o tecido. E sim a pele botocada e preenchida. E Gisele, claro, possui o pacote completo. Ela não paga tão caro por isso, pois faz parceria com uma dermatologista bam-bam-bam. Precisa postar quando está por lá, fazer alguns "antes e depois" e pronto: um baita desconto, quiçá o procedimento gratuito. Gisele já ofereceu botox para minha mãe e para mim. Minha mãe fez uma vez, mas estranhou muito, disse que teve uma dissociação. Aos setenta e um anos, se olhou no espelho e entrou em pânico por não se reconhecer. Criou uma teoria de que o botox injetava burrice, pois, coincidentemente depois da aplicação, começou um processo de esquecimento, que ainda está bem leve, mas que se iniciou ali. Culpa o botox. Eu agradeci, mas não aceitei. Sou vaidosa, mas dentro do desejo talvez pré-histórico de ser testemunha ocular do que acontece com nosso rosto e corpo de forma natural. Sendo caçula de uma pessoa ultravaidosa e narcisista, também era natural que eu migrasse para o oposto, chegando até a ser mais rebelde na adolescência, usando roupas do avesso, não penteando o cabelo por dias. Entendo que, não tendo vida pública, ninguém comenta minha aparência, só quem se deita comigo. Gisele recebe muitos comentários sobre a aparência dela, faz campanhas para uma segunda-feira sem filtros nas redes sociais, prega a tal beleza natural, mas fica fácil não usar maquiagem ou filtro tendo feito procedimentos no mês passado. Tenho pena, tenho raiva. Somos irmãs, não somos amigas, somos mulheres. Todas as pessoas que passam no tapete vermelho fizeram procedimentos. Todas. A entrevistadora influencer, ela superficial, e o amigo influencer gay, ele limitado, esses parecem até irmãos gêmeos, possuem sorrisos assustadores. Dentes com um branco que nem existe e lábios inchados como se fossem alienígenas. Eu ia dizer "patos", mas o pato é mais bonito, acho. Como a beleza alienígena ainda nos é desconhecida, acabo dizendo isso. Mas, assim, coitados dos ETs. Gisele diz que é possível, sim, ter um resultado harmônico com poucas mexidas. Não é o caso ao ver a premiação. Se alguém sorri assim pra mim na rua, saio correndo. Parece um sorriso de assassinato. Tenho pena de Ritinha ver essas pessoas e naturalizar essa estética. Eu até via novelas quando era criança, e a musa tinha buço. E os sovacos ficavam molhados, e os poros eram poros, um pequeno orifício. Orifício real. Agora tudo é liso, o rosto dessa atriz é liso, o do ator também, liso, chapado. Não há mais poros. Talvez só no espelho. E olhe lá, há quem se arrume antes de ir ao espelho.

Tapete vermelho. Tapete bandeira vermelha. Depois do show de horrores, sósias e manequins, a premiação começa. Eu mantenho um olho em Ritinha, que está meio sonolenta, Cinthia com um olho no celular flertando com um paquera e um olho na idiotice dos agradecimentos. "Significa muito pra mim, eu não esperava." Ninguém enlouquece, ninguém manda um OLÉ de zoeira no microfone, ninguém fala merda, ninguém fala sério, decoraram a fórmula de Bhaskara e agora decoraram a reação da vitória, não abrem a porta da espontaneidade, não abrem a porta do sótão do inconsciente, não abrem o cu nem a Kundalini, não que devessem, afinal, que bobagem um troféu da *Ilustres*, mas, por ser uma besteira, não seria melhor tentar um ato situacionista? Não seria a hora para um ato antroposófico? É assim que se agradece? Falam mal da palavra "gratidão", mas tal palavra isolada apenas, dita no microfone, seria melhor do que o que está sendo dito. Feito. Sinto uma vergonha alheia enorme. Vou até a cozinha pegar uma cerveja pra ver se passa.

Eis que, de repente, minha irmã ganha. Ouço seu nome. Volto pra sala. Consigo ter alguma empatia nesse momento e, ao ver Ritinha feliz vendo a mãe pixelada na tela, esboço um sorrisinho, mas um raio de imagem do dia que ela me espancou (éramos adultas, foi durante a pandemia) irrompe na minha cabeça de forma voraz. Um raio iluminando tudo: Gisele com cara de sonsa fazendo vídeo para ONGs que protegem mulheres de agressores. Volta o breu. Outro raio: Gisele metendo a mão na minha cara, segurando meu pescoço, socando minha barriga. Volta o breu. Gisele nunca pedindo desculpas. Ou alegando que eu a enlouqueci (eu apenas não quis fazer algo na hora exata que ela pediu). Não éramos crianças. Isso foi na pandemia. Isso foi outro dia. Adultas. Famoso quarenta mais. Ela agradece o prêmio com sua voz falsídia. Penso se algum dia ela já bateu ou ainda vai bater em Ritinha. É difícil demais permanecer. Parece que tive um derrame. Nem sei como é a sensação, mas é o que parece que estou tendo. Tenho o ódio de quem faria merda essa noite. Mas

Rita tem olhos que lembram minha mãe, felizmente, pouco vejo Gisele nela. Um formato da cabeça do pai dela, talvez. Um ex de Gisele, *que decidiram seguir caminhos diferentes, mas permanecem se admirando mutuamente, só que como amigos.* Contenho a raiva e procuro me organizar. Quando perdi a chance da Mega-Sena e afundei num buraco muito trevoso, ela não quis lidar. Queria que eu sumisse, que me internasse. "E daí que você não ganhou milhões, Glória?" O ódio que eu tenho de gente rica que não entende como a falta de dinheiro é um dos principais problemas do mundo. "Ah, mas a felicidade está nas pequenas coisas." Consigo ouvir a voz dela falando.

— Tománocu!

Grito em voz alta, e Cinthia não entende ao certo o que eu falei. "Tomar no cu?", pergunta baixinho. Não repito, porque Ritinha já está repetindo por mim. "Mánocu, mánocu." Chega a ser engraçado, ela parece agora uma pequena criança de uma seita misteriosa fazendo alguma dança específica enquanto repete "mánocu, mánocu", balançando o corpinho pra cima e pra baixo. Organizei minha raiva. Gisele diria que é inveja, porque coitada, a terapeuta lhe diz que a ama, como ela poderia estruturar além? Minha vida é boa. Mesmo sem os milhões que perdi porque o destino assim operou, minha vida é possível. O que não é possível é estar com ela. E seus milhões e sua agressão física e sua dissimulação em campanhas contra violência doméstica. Acabou.

Antes de partir para nunca mais voltar, pego um papel, anoto os seis números da minha vida e vou colocar dentro da fralda de Ritinha. Ela é muito nova para termos um momento "minha sobrinha querida, um dia na vida você vai entender que isso aquilo isso". Acredito que esses números vão sair de novo. Rubens, o porteiro da infância, que tomara que hoje em dia seja livre para ser Rebeca, me jurou que poderia acontecer de novo. Não sei, na estatística da história da loteria, quantas vezes os mesmos números saíram. Mas creio em Rubens, em Rebeca, creio nesses números. Enquanto escrevo no papel, meu corpo inteiro vibra. Devo ser viciada, dessas que nem sabe, coitada. Mas se uma vez aconteceu, se estive tão perto, ainda creio que possa acontecer de novo. Que otária, mas que linda também. Dobro o papel e o coloco na fralda de Ritinha. Torço para que Cynthia (eu soube agora que é com Y, enquanto olho a geladeira e um recado acusa o Y) ache o papel. Por aguentar minha irmã, ela merece.

Antes de sair de casa, à francesa, olho para a tela do computador e vejo Gisele ainda com o prêmio na mão, um discurso pra lá de sem graça, mas uma mulher invade o palco com algum cartaz que não consigo ler. Gisele sem graça, a mulher tomando o microfone para si. Antes de ir, vibro: não ganhei na loteria, mas vai rolar um bafafá.

PAUSA PARA UM CIGARRO:

Muito medo de virar o Elvis, muito. Começar me apropriando, de repente imitando, e subitamente imito tanto que crio essa personagem e faço tanto sucesso que é impossível sair dela, porque agora ganho rios de dinheiro. E, como ganho rios de dinheiro, não consigo mais dormir (é mentira que os bilionários dormem bem. Assim como Elvis, estão todos entupidos de bolinha. Eu amava quando chamavam droga de bolinha. Fulano toma bolinha pra acordar, bolinha pra dormir. Agora tudo é droga, que não é um nome ruim, mas é mais Xuxa nos anos 1980 dizendo não a isso. Eu achava "bolinha" mais simpático. Abri parênteses, nunca mais fechei. Mas medo de virar o Elvis e nunca mais conseguir sair daquilo. Medo de não conseguir demitir meu empresário: por pena, porque começamos juntos, porque assinei coisas sem saber, porque sou medrosa. Medo de algum dia descobrirem que eu sou loira natural e pinto de preto só para parecer rebelde. Muito medo de mexer meus quadris de um jeito que as pessoas vão desmaiar. Muito medo de ser muito charmosa, pavor. Que medo de mandar bem na frente de milhares de pessoas. Que medo de ver gente preta sendo bem melhor do que eu, e eu usar coisas delas e levar crédito por isso, que temor! Medo de ter um irmão gêmeo que morre no parto e minha mãe ficar obcecada comigo. E eu depois ficar com ela. Medo de ir para a Alemanha servir no exército e lá conhecer minha esposa menor de idade. Muito medo de não conseguir comer minha esposa depois do casamento porque agora eu sacralizei a maternidade dela. Que cagaço de só ter tesão em prostituta ou em fãs alucinadas, mas não na minha mulher. Muito medo de cair no ostracismo e depois fazer um especial para a TV com o meu retorno. Medo de usar uma roupa de couro bem sexy e mostrar que eu ainda sou sinistro. Medo de nascer em capricórnio e morrer em leão. Medo do Frank Sinatra não gostar de mim porque se sente ameaçado. Medo de sentir que Las Vegas é o meu lugar e, depois que eu morrer, em vez de minha alma ir para um hospital do céu, no clima da novela *A Viagem*, eu virar padre em capelas que promovem casamentos rápidos entre pessoas que ou acabaram de se conhecer ou estão bêbadas. Que medo de morrer com quarenta e dois, a idade que tenho agora. Que medo de ser o Elvis e nem saber que é meu último show, que vou para casa tomar bolinha, crente-crente que amanhã vou repetir tudo igualzinho. Só que não. Muito medo dessa ser a última vez que eu vou suar que nem um condenado enquanto toco piano e canto aquela música do filme *Ghost*: "Oh, my love, my darling, I've hungered for your touch. A long, lonely time". As pessoas pedem bis, mas o segurança diz: "Elvis deixou o prédio". Por mim, eu voltaria. Pelo medo, não.

2 / BURACO

"Deus perdoa os inocentes." Vovó Régia disfarçando a raiva após perder numa partida de Buraco enquanto recolhe as cartas e olha para seu parceiro de derrota, que nunca tinha jogado tal jogo.

"Bati", disse Fátima, enquanto arriava na mesa uma trinca de ases (sendo que apenas dois ases e um coringão) com a mão direita e jogava no lixo um dois de paus com a mão esquerda. Escafedeu-se. Balbúrdia e algazarra por conta de um coringuinha no lixo. Fred, seu parceiro de mesa, brada que jamais faria aquilo, Fátima reluta dizendo que ou eles iam para o buraco ou ela arriscava esse movimento. Eu fico feliz com a lixeira e, sendo minha vez, logicamente compro. Apesar de só podermos bater com canastra limpa, esses dez pontinhos do coringuinha vão me ajudar em uma trava imensa de que não consigo me desfazer em minhas mãos. Estava desde o início da jogada com um valete de copas e um rei do mesmo naipe. Dama que é bom, nunca vi. Nem comigo, nem na mesa, nem no jogo alheio. Ou está tudo no morto ou ainda no vivo. Como isso não vai virar limpa, vou sujar essa joça mesmo e garantir esses trinta pontos. Inácio faz cara de bunda assim que eu arrio o jogo, entendo pela sua expressão que ele tinha uma dama de copas, ameaço retirar o jogo porque a essa altura do campeonato já estou mais escrota e desobediente às regras, mas Fátima e Fred urram que "NANANINANÃO, jogo baixado já era". Amo F & F, mas às vezes quero socá-los também. Inácio lamenta com os olhos, e eu tento ajeitar o jogo sujo e feio num cantinho. Não jogo nada fora pois comprei da mesa. Fred bate na carta três vezes porque acredita em mandingas por parte da vó paterna. Tudo o que ela fazia ele tenta manter. Até as trincas, que o resto do pessoal e eu não curtimos. Mas, como estamos na fazenda da vó que aceitava trincas, Fred acha importante mantermos alguma tradição, ou o espírito de sua vó pode nos aborrecer de madrugada. Como temo mais gente morta do que gente viva, acabo obedecendo. Sim, sei que está errado, mas como só vi gente viva na vida, meio que sei o que posso esperar. Não sei o que fantasmas podem fazer comigo, pois nunca vi um, por isso os temo mais.

O sistema de sorte de Fred não dá muito certo, e ele precisa fazer algum esquema para não bater agora, visto que sua parceira acabou de pegar o morto. Aparentemente ambos estavam com poucas cartas, não foram se checando direito e agora ele vai ter que jogar no lixo uma carta que seria útil para eles. Inácio, meu parceiro da mesa e da vida, gargalha, manda um "iaaau" bem alto, o cachorro que estava perto até late e se afasta da gente, achando que o grito anunciava algum intruso chegando. Foi verificar. Inácio de fato tinha a dama de copas e o dez de copas. Tudo se encaixa em mim. Também ele estava esperando. Ou um valete, ou um coringa. Por acaso ele também tinha o nove, o que nos deixa com seis cartas, quase uma canastra. Suja. Mas cem pontos são cem pontos, até porque ainda não pegamos o morto. Não faço questão de pegar morto; se acontece, aproveito. Mas não tenho esse frisson, Inácio tem, e estou tentando me comunicar com cotovelos e ombros que quero que ele pegue o morto. Todo o meu corpo diz "queridinho, não vou me esforçar". Amo Inácio desde 2005, eu mesma não acredito que estamos juntos desde outra década. No início eu não sabia jogar muito bem, minha família achava que jogo causava muita briga, meu avô tinha perdido tudo numa aposta idiota de bar. Quando digo "tudo", estou sendo literal. Tudo. A casa, o que tinha dentro da casa, o carro da garagem. Esse nível de horror e tristeza. Minha avó foi embora com minha mãe, e as coisas foram complicadas desde então. Ela deu muitas chances, mas algumas pessoas precisam ser abandonadas, me disse vovó. Quando eu era zigota, qualquer tentativa de tabuleiro, carteado, minha avó cortava meu barato e de minha irmã. Não explicava direito, metia umas frases do tipo: "Meninas de família não jogam jogos de malandro", nesse estilo. Sendo que às vezes era um jogo de memória da Barbie. Besteira. Mas ela impedia. Trauma do marido que perdeu a noção e o único imóvel. Então, quando caí nessa turminha de Inácio e vi que o pessoal tinha sangue nos olhos com qualquer carteado, fiquei sem graça pela inexperiência, mas parecia que eu estava comendo um bombom sagrado que me foi guardado por mais de trinta anos. E melhor: o bombom não estava estragado. Pensei que eu pudesse estranhar essa coisa de jogar, apostar um negocinho aqui, um negocinho ali, mas pior que não. Tomei gosto. Ganhei, perdi, mas isso nem importa muito, porque pelo visto não tenho tendência à compulsão e meu barato mesmo é jogar. Minha irmã não pode dizer o mesmo, coitada. Tentei trazê-la para esse mundinho novo, mas a pobre se descompensou. Apostou alto, achava que valia trinca de tudo, metia coringuinha junto com coringão. Mandou mal. E disse que não dormiu depois, teve insônia, fantasma do vovô veio assombrar. E minha irmã é como eu: a gente tem medo de gente morta. Com gente viva a gente acha que vai conseguir lidar, mesmo se a pessoa for sádica e estiver com uma metralhadora, a gente fantasia bem alto que a gente consegue. Acho que foi bem aí que faltou jogar na infância para entender malícias e outros horrores da vida. Nesse dia também entendi que negócio de compulsão tem a ver com mapa astral mesmo, porque a gente teve a mesma criação e eu não sou assim. Melhor pra mim. Pior pra ela. Mas, com o exemplo do avô, ela logo parou, sabendo que não pode chegar perto de nada que envolva aposta. E tem uma vida basicamente normal. Já eu, até tentei outros jogos, mas gosto mesmo de Buraco. Parada louca. Tem arvorezinha preta, balãozinho vermelho, coração vermelho e coração preto de cabeça para baixo com um apoio. Paus, ouros, copas e espadas. Sei lá, gostei de cara. Acho que ganhei na primeira tentativa e isso me estimulou, verdade seja dita. Inácio disse: "Sorte de principiante!". Todo mundo concordou, mas de repente continuei ganhando e entendendo o lixo, administrando o vivo, desejando o morto, mas sabendo jogar com a outra pessoa, observando se comprava depois de mim, se deixava carta passar. Enfim, na minha cabeça fez um sentido danado esse tal de Buraco. Durante a pandemia, tentei jogar online, mas não senti o mesmo frisson. Inácio e eu tentamos jogar sozinhos, mas aí era lixo fechado, nem sabia dessa regra, mas ele tem mais experiência, eu acreditei, mas não deu muito certo comigo. Minha mão foi ficando um bololô de cartas porque, quando a gente joga sozinha, diz que não é pra baixar todos os jogos, senão a outra pessoa não vai jogar suas cartas fora, claro. Mas, nossa, não funcionou pra mim esse troço de ficar com cinquenta cartas na mão. Tentei o pegador de cartas, mas não rolou esse diabo não, viu? Opa! Pensei tanto que não sei onde está.

— De quem é a vez? — pergunto.

"É sempre de quem pergunta", responde Fátima ridiculamente, mas eu já deveria saber que realmente essa pergunta não dá pra fazer com essa galerinha. Gente afiada. O jogo de hoje custa cem reais. Durante um tempo, uma galera quis pirar, eu contei do meu avô, alguém teve bom senso e freou a ideia dos quinhentos reais. Mas, de vez em quando, brincam dizendo que só um dia, apenas uma vez na vida, deveríamos tentar meter uma aposta de mil pratas. Não posso ainda, mil reais é dinheiro que pode me faltar muito. Algumas pessoas da mesa não têm noção de que mil reais é muita coisa, outra realidade. Sempre falo do vício de vovô para não ter que expor minha média classe, mais pra baixa. E, na real, sempre acho que posso perder. Acho que por isso jogo bem. Todo mundo diz que, pra quem aprendeu a jogar com trinta anos, jogo superbem. Tenho visão do todo, dizem. Mas sei que Buraco também é sorte e, com uma mão ruim, não tem milagre. Mesmo que se compre lixo, morto. Nunca se sabe se a mão alheia é sequência pura. Quero arriscar não. Mil reais? Tô fora. Acabo comprando um cinco de paus que nessa situação não me serve de absolutamente nada. Mas, como já bobeei antes, olho bem para todos os nossos jogos pra ver se aquilo encaixa e, nessa passada de olhos, sinto Inácio tentando se comunicar comigo. Fred e Fátima são fritos como a sua letra de nome e prestam atenção em tudo, mas por acaso agora, não sei se o beck bateu, não sei qual foi do momento, mas Fred parece estar mais distraído e Fátima parece estar alta, então sinto que Inácio quer me passar alguma informação do jogo. Será que é isso? Olho disfarçadamente para o olho dele. No fundo do olho. E ele diz sem fazer som:

— Te amo, maluca!

Treze anos depois da primeira vez que joguei um carteado, onde fiz uma bela d'uma canastra limpa de copas, de ás até sete, daquelas bem bonitinhas que, mesmo sendo carta baixa, fica todo mundo num clima de "olha!". Treze anos depois esse maluco solta essa pra mim em pleno momento tenso do jogo. Não era roubo, nem dica, nem alerta. Era romance no meio do Buraco.

Estava tão despreparada para tal gesto que acabei pegando o morto sem nem querer pegar. Peguei com direito, ainda. Consegui encaixar o cinco de paus num joguinho mequetrefe que tinha me passado despercebido. Logo eu que não gosto de morte, peguei o morto, vê se pode. Pude. Inácio ainda me olhando, olho de treze anos de história, dizendo "muito bem, amor, você pegou o morto". Fred percebe qualquer coisa e brada que "jogo quando é bom não é falado!". Eu olho as novas cartas, o tal do morto. Algumas coisas encaixam, nossa canastra limpa estava ali escondida, essa safada, que alívio! Claro que também estamos com mais uma limpa deles, vou esconder bem no canto essa miserável. Enquanto olho bem o morto e administro as cartas, Inácio se levanta com uma cara esquisitíssima. Fátima e Fred nada percebem, pois acham que ele vai ao banheiro, é comum quem pega o morto demorar um pouquinho pra baixar tudo que tem na mão, então está todo mundo um tiquinho mais relaxado. Mas eu conheço esse olho há treze anos, tem alguma coisa muito errada aí. Inácio cai no chão, *cataploft*. Os naipes começam a tapar minha visão. Preto, vermelho, preta, vermelha, coração preto de cabeça pra baixo, um balãozinho vermelho enorme, uma arvorezinha preta, um coração vermelho. Fico catatônica. *Te amo, maluca!*

Inácio morreu há dois anos. Foi horrível como deveria ser. Inácio morreu e, só de escrever isso, preciso parar e me recompor, porque parece ficção científica e eu não sou dessas. Inclusive detesto. Ainda é terrível, mas consigo me alimentar e ganhar um dinheirinho pra dormir e acordar. E esperar por algo que nem sei. Porque acho que não vai acontecer nada mais na minha vida. Mas ainda jogo Buraco. Ficou esse elo. Com os amigos dele e com novas pessoas. Porém, criei uma compulsão: sempre preciso pegar o morto.

PAUSA PARA UMA LARICA:

e um dia que meu óvulo falou assim: "coé, piranha, não vai rolar?". e eu falei "porra, vacilão, não tenho grana ainda não". ele insistiu: "maluca, ninguém tem muito papel e mesmo assim geral tenta e tem". depois ainda me esculachou dizendo que eu dei mole pra caramba em não ter congelado. mas, na época em que os bichos eram novinhos, eu não tinha papel meeeesmo. detesto pensar que dinheiro é papel. me dá uma vontade louca de imprimir mais. eu e toda a torcida do (em qual time você pensa quando falam isso?). agora eu até tenho um pouco mais, mas ainda é uma fase de sentir que não tem, sabe isso? sinto que a qualquer momento minha sorte vai acabar e, junto com ela, o papel. e no mais, estou mais envelhecida por dentro. e depois de um tumor escroque, ainda me levaram um ovário. mantenho a cara da criança sapeca de joelho roxo da pintura do normal rockwell, mas por dentro muita dúvida se há possibilidade de formação de vida. muito se agarra no "penso, logo existo" do queridão do descartes (ele era áries). mas esquecem que a frase original em latim é "dubito, ergo cogito, ergo sum" (acho engraçado ele ser áries), que se traduz como "eu duvido, logo penso, logo existo". esquecem da dúvida. acho tão estranho esquecerem da dúvida na hora de droparem a citação. metem só o "penso, logo existo". porra! e o "eu duvido", mizifi? isso sim tinha que ser mais exaltado. aliás, eu ainda inverteria a ordem, audácia de filha caçula de três (sou capricórnio). na real, tinha que ser "eu penso, logo duvido, logo existo". a dúvida tinha que vir no meio. porque a dúvida não inaugura. tô sendo tola? eu começo mais firme, engraçado. "vamos lá, pessoal!". megadecidida. é no meio que surge dona dúvida, aí lascou-se. essa filha da puta me dá a mão e não quer largar. me larga, dúvida. cruz-credo, dúvida. deve ser um alívio nascer e ter um desejo sem dúvida. e seguir esse desejo. sem dúvida. quero ou não quero. posso ou não posso. ou isto ou aquilo (um beijo, cecília meireles). (ela era escorpiana.) as mães reclamam da maternidade (com razão), e eu reclamo que não ser mãe também é cheio de dor. e horror. quem está feliz com a decisão, receba meus aplausos. *CLAP CLAP CLAP.* (bati palma agora para confirmar se a onomatopeia da palma é essa mesmo e tive muita dúvida, brasil. mas como estamos falando da dita cuja, aceito e sigo.) hilário lembrar que, durante a pandemia, me esqueci de marcar a menstruação no aplicativozinho que ajuda a gente a ficar ligada no sangue e tal. aí um belo dia abro o celular e "sua menstruação está atrasada não sei quantos dias". tremi. porque ali não queria. depois entendi que foi distração minha, apenas não marquei. mas tremi de medo, pensando: *tiraria*. não saberia nem como ou a quem pedir ajuda, já que nasci mulher e quem controla isso tudo é homem. mas lembro do terror que senti. é difícil ter, é difícil não ter. é difícil tirar. é difícil colocar pra dentro. é difícil decidir seguir com aquilo. tudo é difícil. e a doideira é que, um ano e meio depois desse dia de terror que senti, eu já queria ter, porque tudo muda rápido e hormônios são alucinantes e sempre os homens controlando as drogas, mas, meu querido, você já ouviu a palavra dos hormônios? seja em queda, seja em transição. seja no auge, seja na ausência. por favor, mantenham as drogas, inventem mais drogas. liberem as drogas, homens. não dá pra enfrentar essa montanha-russa brasileira paraguaia grega russa mexicana moçambicana australiana, assim, a seco. hoje em dia, a mensagem do aplicativo é cheia de frustração porque diz "se você não menstruar em dois dias, já pode fazer o teste de gravidez". que coisa horrorosa. será que eles sabem o que eu quero? talvez mais do que eu? deve ser muito bom saber que não se quer ser mãe. sem dúvida. deve ser muito aliviante saber sem dúvida. apelo para descartinho de novo e me volto para deus, como *ele*, já que o fim se aproxima. deus é para essas horas mesmo, um dia me falaram. deus serve para o fim. estou ridiculamente implorando a deus na última meditação, pedindo que ele decida cara ou coroa. par ou ímpar. vai ou racha. estivesse eu num primeiro mundo, já teria tido? que barra nascer na américa cretina. ops, latina.

3 / PACIÊNCIA

So I'm all alone playing solitaire
In each romance there's an element of chance
A gamble to win or to lose

Nina Simone

As bolas de fogo chegaram. Bateram na porta. Achei melhor abrir. Apenas desde 2023 cientistas usam sangue de verdade para testar sangue menstrual. Em criança, jurei que ficar menstruada era sair azul de dentro de mim. Porque tive muita crença na televisão e nos comerciais. A moça menstruada e feliz, em cima do cavalo, mergulhando na piscina, correndo por aí e, de repente, tinta azul numa fralda mais estreita. Acreditei em tudo isso. E, quando saiu vermelho, fiquei tão assustada. Primeiro veio uma mancha em forma circular, meio vermelha, meio alaranjada. Achei até que pudesse ser uma manchinha da calcinha de flores. Por isso, até hoje chamo minha menstruação de "bolas de fogo". Pensei que fazia parte do tecido, algo que passou despercebido pela manhã. Mas não. Era sangue, e ninguém me avisou. Eu esperava algo azul da xereca. Já tinha me cortado, muito levemente. Entendia o que era sangue. Mas, da xereca, jurava que sairia azul como na televisão.

Fui educada a não pular muito, não correr muito, não me jogar tanto nas brincadeiras dos rapazes. Portanto, vi pouco sangue. Mas jurei que o corpo era uma coisa e a xereca, outra coisa. Então, quando saiu vermelho, fiquei preocupadíssima. E com vergonha de perguntar para qualquer pessoa o que aquilo significava. Eu era errada? Era um problema mais sério? Isso tem um bocado de anos já, minhas irmãs mais velhas nem moravam mais em casa quando meu ciclo começou. Hoje é meu aniversário de setenta e sete anos, gosto das idades dobradas, acho mais significativo do que os números aleatórios, como setenta e quatro ou sessenta e dois. Ouso dizer que é quase mais significativo que as idades redondas. Detestei fazer setenta, achei de uma insolência terrível da vida. Eu já vinha acompanhando o corpo se deteriorar de uma forma lastimável. Achava tudo meio em ordem até que os setenta vieram, e ali foi *décadence sans élégance*. E não luto contra, tenho setenta e sete e pareço ter setenta e sete. Minha mulher é o meu oposto, passa cremes que a fazem parecer ter setenta e três quando na verdade tem setenta e quatro. Ela se besunta toda, e eu às vezes peço pra ela passar em mim, mas é mais pelo erotismo do que pelo resultado dermatológico. Nos casamos em 2050, que foi o ano que quase deu ruim para mim em termos de seguro de saúde. Como ela tinha, nos pareceu melhor casar. Mas foi uma bobagem. Achei que com toda a modernização não seria necessário ir ao cartório, mas a empresa exigiu assinatura presencial. Havia anos que eu não assinava meu nome, ela também. A gente riu muito desse fato, nos achamos vintage. Não chamamos ninguém, pois não há ninguém para ser chamado. Prefiro. G não prefere tanto. Não sei como conseguimos. Acho que ela tem uma amante, e torço para que tenha. Contanto que não me traga problemas, doenças e não me atrapalhe nos meus momentos de jogar Paciência. Eu cozinho, arrumo a casa, vivo de uma aposentadoria chucra, mas que me permite ainda aguentar o inacreditável capitalismo dos tempos que correm. Esperava bem mais, mas depois daquela tragédia planetária em 2033, perdi qualquer esperança de possibilidade de melhora. Mesmo. Estou esperando o fim de forma estoica: firme e inabalável. Ela surta mais, mas, coitada, é asmática e precisa verificar a qualidade do ar toda hora e usar aqueles trambolhos para sair na rua. Como fico em casa e nós temos aquela máquina que custou o olho da cara para purificar o ambiente, fico sem máscara. Houve um tempo com, mas passou, ainda bem. Eu tinha muita dificuldade para dormir com a máscara. Durante esse período, as notícias sobre bolas de fogo caindo do céu nos alarmavam. Como não temos vista nesse apartamentinho encalacrado, jamais saberemos se o fim está próximo ou não. Morreremos sem saber ao certo, o que prefiro. G estranhava quando eu ria com essas notícias. Me achava mórbida. Pedi perdão e disse que não estava rindo do fim, estava rindo do termo "bolas de fogo", pois era o mesmo termo que usava para chamar minha menstruação na adolescência. Obviamente já tinha contado isso para ela no início da relação, quando se conta absolutamente tudo: de brinquedos prediletos na infância até uma sensação esquisita de quase levitação durante a aula de matemática em 1995. Mas G esquece um bocado. Ela deve achar o mesmo de mim. A verdade é que esquecer é muito bom. Se a pessoa possui paciência de contar de novo, a vida pode ser estimulante.

Não amo acordar, mas acordo. Demoro a sair do estado onírico, acredito em tudo que vivi dormindo. Se alguém querido morreu, fico melancólica o dia todo. Se transei gostoso com alguma figura excitante, passo o dia tendo calafrios. Nada para quando eu abro os olhos, nada. Fico silenciosa relembrando e sentindo tudo. Não conto, tampouco anoto. Apenas vivo e vibro sozinha. Gosto de fazer meu café, meu cocô, ouvir os sonhos que G teve durante a noite, tenho uma capacidade de imaginação muito forte, prefiro ouvir do que contar o meu. E, desde que os cinemas viraram essa alucinação hologramática, realmente não tenho mais estômago para aguentar tudo isso. O que eu gostava das telas é que as pessoas estavam longe. Agora qualquer cinema e as estrelas estão perto. Sou velha para entender que não, não é a verdadeira Viola Davis ao meu lado numa cena de 2018. Me encabulo, G fica rindo da minha cara. Pois então dei para sair menos. Fico muito em casa. G ainda gosta de trabalhar, é bastante mais maluca do que eu, que sou considerada maluca. Vou para minha mesa perto da janela. Mesmo sem ter vista, gosto desse canto onde a janela está. *Fengshuimente* me parece melhor estar aqui. Mesmo que não haja nada para ver através do vidro. Apenas a coluna do outro prédio. Às vezes a toalha de mesa está com muitas cinzas de cigarro. Aspiro meticulosamente. Tenho preguiça de faxina, mas, quando faço, sou minuciosa. Pego meu baralho, que foi presente da minha avó Hortência, escolho uma forma de embaralhar, se começar com essa, seguirei com essa. Disponho as cartas e inicio meu grande prazer diário. Jogar Paciência me é tão prazeroso. Virar as cartas, descobrir a próxima, ver onde encaixa, vermelho, preto, números. No estrangeiro, Paciência se chama *Solitaire*, algo assim. Foi G quem me contou, pois é sabida e fala línguas. Eu falo português e olhe lá, ainda me embanano toda. Eu fico mesmo abismada com essa tradução que fizeram de *Solitaire* pra Paciência. Não era melhor um jogo chamado "Solitária"? Mas aqui no Brasil (ou foi Portugal que traduziu?) o povo não gosta mesmo da solidão, o que dificulta muito minha sensação de pertencimento. Pois eu adoro a solidão, chego a ser viciada. Minto que nem uma psicopata somente para ficar sozinha. Não sei explicar. Gosto da alegria das pessoas, não julgo, até fico emocionada vez ou outra quando vejo gente. Mas eu mesma prefiro estar só. G e eu criamos nossa dinâmica, e depois de muitas brigas ridículas onde se supõe que a outra pessoa não gosta de você somente porque ela também gosta de estar sozinha (ah, a juventude, que coisa idiota), chegamos num lugar gostoso de companhia e solidão. Foi preciso paciência. Muitas pessoas não têm paciência hoje em dia. Eu evito sair também porque não me adaptei às novas mudanças tecnológicas, me sinto inapta socialmente e me condeno muito por não ter tido tanta paciência com minha avó quando a internet surgiu. Coitada. Sinto agora na pele a total incapacidade de compreender essas novas regras, manias, gestos. Estou na menopausa, mas não sei por que raios as bolas de fogo vieram hoje. Me parece impossível ser mesmo menstruação. Não quero ir para o hospital, os exames estão tão futuristas, saudade de quando alguma pele humana me tocava. Sou sociofóbica com semiconhecidos, mas com gente estranha eu até gosto de esbarrar.

Menstruação, será? Talvez seja algum problema. Eu sempre tenho questões no dia do meu aniversário. Deve ser o universo me lembrando de que, para estar aqui, eu posso não estar a qualquer momento. Teve o aniversário em que engasguei e quase morri pois demoraram muito a perceber que eu estava quase morrendo. Ninguém sabia fazer a manobra de Heimlich, absurdo. Mas fomos ensinados a decorar a fórmula da hipotenusa, que lástima. O de trinta e nove anos foi também quase trágico. Imagine: eu inventei de sair pelo teto solar do carro de algum amigo com quem estava. Não sou dessas, mas achei que a melhor despedida da década era fazendo algo que não faço. Pois aprendi que não é bem assim. Melhor seguir meus traços mesmo. Pois uma gaivota, sim, uma gaivota bateu na minha boca bem na hora que eu estava com os braços pra cima, gritando pela cidade. Foi um horror, o bico dela pegou no céu da minha boca, contando assim ninguém dá nada, mas eu poderia ter morrido, a médica disse. Não quero pesar o clima, mas hoje escolhi não fazer nada. Nem comer nada especial. Há uns anos tem sido assim. Jogo minha Paciência. Abro as cartas, encaixo nos montes. Me dá um prazer. Posso até fazer a unha, para ter uma cor bonita para olhar enquanto embaralho as cartas. Mas vou ter cuidado com o alicate, pode estar ali meu problema de hoje. Mas essa bola de fogo na calcinha. Setenta e sete anos, que jornada. Há mulheres que reclamam: "Me tornei invisível, nenhum homem me olha mais". Para mim, foi um alívio. Jamais gostei de ser muito observada, mesmo que fosse com olhar de admiração. Gosto de estar na categoria "não comeria" dos homens. Não sofro com isso. E mesmo quando eu ainda praticava relação com homem, não gostava desse olhar de "hum... comeria". A seletividade do tempo é implacável, e onde posso me valer dela, mergulho. Outro dia, um homem, do tipo não monstro, fez amizade comigo no supermercado. Amizade é uma palavra forte. Conversamos mais do que cinco minutos, um grande recorde para uma pessoa como eu. Comentávamos sobre como é difícil achar uma boa pera hoje em dia. Mesmo as ditas orgânicas não possuem mais a maciez e a doçura das peras de antigamente. Foi um assunto bacana. Eu até poderia dar para esse homem, caso a coisa fosse por esse caminho. Não foi, mas se fosse, quem sabe? Ninguém precisa me olhar com olhar vidrado para deixar claro que me penetraria. Podemos falar sobre peras. Morro de medo de olho. Olho de gente, então. As pessoas olham tudo e, quando um olho bate no outro olho, que terror. Ver e ser vista, que forte. E ainda tem a vergonha da nudez nas praias, que bobagem. Sabe o que é um olho ver outro olho? Porra. Isso sim é vergonha. Porque é forte. Lembrei de um homem que um dia me olhou lá na década de 20, foi uma baita de uma olhada forte. Nos engalfinhamos belissimamente, sexo antes de dormir, no meio da noite e ao acordar. Mas de repente eis que ele me solta que não tinha se vacinado na pandemia de 20. Fiquei incrédula. Como aquele homem tão gostoso, com bela jeba e olhos falantes poderia ser tão burro? Dei uma última montada e terminei. Sofri sete dias, mas preferi.

Setenta e sete anos, e essa bola de fogo na calcinha, que emboscada! Não quero ligar pra G, bobagem preocupá-la à toa. De noite estaremos juntas. Tomara que a gente transe. Isso diminuiu. Não vejo problema. Porque ainda acontece e quando acontece é uma coisa muito alucinante. Parece um presente. Não tenho a certeza de que irei gozar como tinha quando era mais nova, mas, quando acontece, é como se meu corpo virasse um grande sorvete de chocolate, a que infelizmente desde a grande crise de 2033 não temos mais acesso. Desde a extinção do cacau, os chocolates feitos com as substituições inventadas custam um preço que nos impossibilita de adquirir. O gel que juram que parece cacau me faz rir. A tecnologia avança, mas há certas coisas que jamais conseguirão fazer. Os ricos venceram como sabíamos que venceriam quando as mudanças climáticas começaram a ter impactos mais constantes. Pois então criei essa imagem do meu corpo ser uma calda de chocolate quando G e eu transamos e gozamos. É bonito fingir que sou uma comida em extinção. Também é terrível, mas ainda sinto beleza (deve ser porque gozo). Minha Paciência de hoje travou. Não há mais nada a ser feito, os encaixes morreram, algumas cartas travaram. Lamento, mas não sofro. Mais tarde tento de novo, quiçá amanhã, e hoje tiro o dia pra sonhar acordada. Esse foi um investimento que quis fazer. Desde que lançaram aquela máquina dos sonhos, onde você não precisa estar dormindo para sonhar e ainda se pode escolher: quero voar pelada em cima da Rússia. Quero nadar com baleias enquanto vejo o rosto do Brad Pitt no fundo do mar (para quem não sabe, ele era o galã da minha época, coitado, aquela morte tão trágica, uma pena). No início, a máquina dos sonhos custou um bocado, G era contra. Todas as nossas amizades eram contra. Mas juntei um dinheirinho durante muitos anos, e, quanto mais se popularizou, mais o preço caiu. G reclamou, mas logo começou a usar e ficou viciada. Eu nem sou. Uso só em ocasiões especiais. Hoje é meu aniversário. Setenta e sete anos. Há sangue na minha calcinha. Não acredito que seja de menstruação. Será que estou morrendo? E vou morrer pela xereca? É isso mesmo, vida? Quem diria. G manda uma mensagem:

"ABDFC. TAM!"

Minhas pernas viram dois espaguetes quando retirados da água. Sei decifrar essa sigla. É o fim do mundo, que daqui de dentro não dá pra ver porque não temos vista. "As Bolas De Fogo Chegaram. Te Amo Muito!" Mato a charada em segundos. Nosso código. Me atordoo, mas sinto que fui preparada. É isso, aniversário. Esse foi o problema desse ano: o mundo finalmente vai acabar, e no dia em que nasci. E quem diria que minha xereca me avisaria. Não é só porque vou morrer que vou desistir do que estava indo fazer. Inclusive é isso que vai me salvar de alguma cena mais violenta, talvez. Abro a máquina dos sonhos e escolho um: sou uma dama de ouros num deck de cartas que será embaralhado por uma rainha benevolente e sapatão. Ao jogar Paciência, não quero encaixar de cara, para não ficar parada num montinho. Quero passear com valetes, damas, reis, números pares, ímpares. Quero transar com um ás de paus. Ouros com paus dá bom, dizem que. Quero conferir. Quero que o verde da toalha de mesa da rainha seja uma grama macia onde eu possa sentir prazer. Prazer de chocolate extinto. Prazer de paciência. Prazer de solitária. Prazer de fim de mundo. Chega. Pudera.

PAUSA PARA MEXER NO CELULAR:

Não dá pra compreender cama de viúva. Ou viúvo. Convivo com gente anciã e sempre há esse momento de "na casa de Bibiana há um sofá, uma geladeira e uma cama de viúva". Quando se perde esposa, marido, companheiro, namorada, mozão, amante, parceira, amor, mô, namorido, mulher, homem, amore, more, namorade, pessoa da vida, não seria melhor manter a cama? Para sofrer num espaço maior? Para rolar de um lado para o outro, ainda que em angústia absoluta e com raiva da vida, de Deus, do Diabo, da injustiça do mundo? Quem inventou esse móvel terrível?

Agora que sua pessoa morreu, durma numa cama menor. Durma num lugar com que você nem está acostumada. Vamos sublinhar a ausência do seu amor te dando menos espaço. Menos tamanho para se estar. Caia da cama num dia se você rolar para o lado, inconscientemente, jurando que o corpo amado ainda está ali, como de costume.

Que a vida era cruel, já sabia, mas achava que, nas horas mortíferas, algumas compensações viriam. Ledo. Ledo engano. Primeiro que morrer é caríssimo. Papo de muitos mil reais. Muitos. Não que eu não soubesse, mas é bem mais do que eu achava. O caixão mais barato é aquele que não tem alça. Mas vai ter camarada suficiente pra te levar no ombro? Morrer é caro pra cacete. Até na hora da morte ainda vão lembrar quem era da Zona Sul e quem era da Zona Norte. Do subúrbio, então, ninguém nem vai lembrar. Que vergonha.

4 / TELEFONE SEM FIO

Ao término do jogo, o rei e o peão voltam para a mesma caixa.

Provérbio italiano

O terror do mesão de restaurante é sentar com os chatos. Jaime é sociofóbico extrovertido e, sabendo disso, sempre em algum momento grita: "Dança das cadeiras!". Como a cidade já sabe desse seu mecanismo, ele também precisa bradar quando está sentado ao lado de alguém legal, para que nunca ninguém desconfie de quem é a pessoa chata da sua vida. A verdade é que são muitas. Jaime é chato, mas é educado. Um tipo raro. Durante uma época, tentou migrar de galera, mas teve mais dificuldade ainda e percebeu que na verdade o mundo é horrível e insuportável, sendo ele o rei da chatice. Portanto, desistiu de achar uma nova turma e entendeu que a vida era essa. E lutar contra isso só traria mais sofrimento e desespero. Elisa, sua analista, pediu que a frequência aumentasse para duas vezes por semana depois que ele brotou com um papo sobre curiosidade com o que acontece depois da morte. Jaime disse que não tinha duzentos e cinquenta reais sobrando por semana para falar mais sobre o pai, a mãe e a infância, ali deitado. Elisa não propôs desconto, Jaime tampouco pediu. Continuou indo uma vez, oscilando as curiosidades sobre a morte com as reclamações e neuroses constantes. Cogitou ir num psiquiatra, mas seu pai de santo o alertou para não tomar nenhum remédio naquele momento, apenas continuar indo na "moça pra quem você conta tudo". Temendo a ira divina e qualquer revertério, vive a vida sem nenhum auxílio médico, o que torna tudo mais complicado.

O mesão de hoje é de aniversário da Tarsila. Jaime a acha bonita e burra e sofre por isso, sofre por ela reforçar um clichê humano. Jaime a provoca com comentários sobre qualquer assunto mais polêmico, seja político, seja cultural, mas, como lhe falta um elã másculo, e Tarsila é dada aos fortões, nada do que sai da boca de Jaime causa algum interesse nela. Às vezes Jaime sonha com Tarsila, uns sonhos eróticos intensos, mas às vezes também sonha com Erick, o ex dela. Não tem preferências. Nem no sonho, nem acordado. Simplesmente sonha. O mesão é no novo bar/restaurante do bairro que não tem calçadas, mas as pessoas mesmo assim ficam nos centímetros possíveis, brincando com a morte a cada carro de aplicativo que passa varado. Jaime tremeu quando soube, pois odeia essa região. São tantas pessoas semiconhecidas que tem medo de travar, mas o pai de santo lhe pediu para colocar um objeto na cueca que lhe daria mais audácia e não embrionamento constante. Tarsila disse no grupo de WhatsApp que não chamaria muita gente, pois já tinha comemorado na véspera com outra facção de amigas e estava com um pouco de ressaca. Organizou um jantar nesse local da moda só para constar que celebrou, sim, no dia em que realmente nasceu. Jaime chega cedo porque, como bom sociofóbico, prefere ficar sentado e deixar que as pessoas decidam se vão falar com ele ou não. Ou como vão falar. Se ele chega tarde, é mais difícil. Ele precisa decidir. Quem se beija primeiro? Passar por cima da mesa para falar? Dar dois beijinhos, um aperto de mão ou apenas um aceno de longe? Jaime tem vergonha de assumir, mas morre de saudade da pandemia e de quando não precisava encostar o rosto em bochechas suadas, acneicas ou até mesmo bochechas secas de gente desconhecida. Apesar de chato, Jaime é sincero. As pessoas ainda o chamam para sair justamente por isso. Quando querem uma noite de ilusões e delírios, não ligam tanto pra ele. Mas, quando querem tomar bronca ou se desdobrar em alguma elucubração cheia de conspirações, sim. Ele também é bom em jogos coletivos, talvez por isso ainda seja chamado para eventos assim. Guto é o primeiro a pedir que Jaime crie um jogo: "Ah, vai, inventa alguma coisa, essa mesa está até pequena, vamos brincar!". Jaime começa a querer jogar, pois se sente extremamente estranho em mesas de aniversário ou de qualquer outro motivo. O medo de ouvir "O que você faz da vida?" fazia suas mãos suarem. Secava na calça, disfarçando. "Onde você mora?", ficava com Tourette pra dentro. Nunca xingou ninguém, mas a voz dentro da cabeça

CARALHOSMEFODAMBUCETACABELUDA!
CARALHOSMEFODAMBUCETACABELUDA!
CARALHOS MEFODAMBUCETACABELUDA!

Não tinha medo necessariamente da validação alheia. Tinha medo daqueles temas. Daquilo ser a vida. Onde morar, onde ganhar dinheiro para pagar onde morar. Detestava onde morava, detestava onde vivia, talvez por isso. Mas não só por isso. Houve uma vez que se encantou por uma estranha, coisa rara pra ele. Deram dois beijinhos de "oi, prazer", e cada um ficou num canto da festa. Depois da festa, um grupo lariquento sentou em alguma lanchonete. O nível etílico fez baixar os erês de todo mundo e resolveram brincar de algum jogo infantil. Telefone sem fio foi o escolhido por conta da formação da mesa. A tal menina estava ao seu lado, graças a algum alinhamento da atração física, e, quando foi falar no ouvido de Jaime, deu uma lambida forte em sua orelha. As pessoas não perceberam, pois estavam numa questão com o garçom sobre o ketchup entupido. Jaime ficou um pouco tenso, mas o corpo venceu. Ao longo da noite, ela escreveu em algum guardanapo para se encontrarem na praça da esquina, depois que todo mundo fosse embora. Jaime obedeceu ao chamado e saíram brincando no escorrega, na gangorra, sem perguntas básicas da vida. A desconhecida estranha o beijou, e sinos de uma igreja por perto tocaram. Esse detalhe é importante porque eram três da manhã. Sinos? Três da manhã? Até hoje Jaime fica bolado. Contou para o pai de santo, para a psicanalista, para Guto. O consenso era de que deveria ser alguém para se estar perto, para tentar. Jaime tentou, ela também. Por brevíssimo tempo, porque havia uma mudança de país em breve da parte dela. Tentaram por email, videochamada, mas a vida se impôs e "onde você mora" e "como faz para pagar onde você mora" virou a realidade. Ainda pensa nela, sente um calafrio na orelha. Acha que nada vai acontecer, não fantasia. Mas pensa. Nunca mais se apaixonou por mulheres, só homens. Elisa acha que a lambedora de orelhas ficou alçada ao lugar das impossibilidades. Se não ela, nenhuma outra. Mas Jaime não reclama. Sabe que a convivência mostraria seus aspectos terríveis, e a convivência com homens é mais cíclica e sem tanto apego. Não é tanto Jaime que impõe isso. Ele mais obedece. Foi depois desse episódio que começou a criar brincadeiras na mesa, para que o convívio fosse um pouco mais prazeroso e agradável. Tem até mostrado interesse em fazer faculdade de psicologia, tamanhas elaborações consegue fazer das pessoas depois de cada brincadeira. Não acha que passaria numa faculdade pública. Não tem grana para particular. Precisa pagar onde mora.

Antes de criar um jogo, Jaime chama a garçonete e pede que ela sirva uma dose da melhor cachaça da casa para todas as pessoas da mesa. Quando a bebida chega, as pessoas fazem a cena de "ué, quem pediu, o que é isso?", Jaime diz timidamente que é um presente seu. Guto levanta da mesa e fala com uma voz bonita e alta: "Cortesia do nosso querido Jaimão". Guto sempre o chama de Jaiminho, usar o aumentativo agora é provocaçãozinha fraterna, vinda de um dos poucos com quem Jaime se sente à vontade para conversar sobre tudo. Uma vez, Jaime saiu de um abraço e tentou dar um beijo na boca dele, ao que Guto o abraçou de volta e disse: "Te amo, meu irmão, te amo, te amo!". Estava ali entendido tudo o que havia pra entender.

Todo mundo bebe a cachaça ao mesmo tempo, até quem estava no vinho e disse que "ah, não quero misturar". Depois da cachaça, Jaime começa:

— Vamos brincar de telepatia. Como se fosse telefone sem fio, só que, em vez de a gente passar uma frase no ouvido da pessoa ao lado, a gente vai pensar em alguma coisa, olhar pra pessoa e a pessoa vai receber telepaticamente a palavra e passar para outra. E por aí vai. A gente cria categorias, tipo: cores! Aí eu penso numa cor e passo para o Guto, por exemplo, e o Guto recebe a cor que for e passa a que ele receber, e, no final, todo mundo fala ao mesmo tempo a cor que acha que recebeu e a gente percebe onde teve telepatia e onde não teve.

— Gente, isso não vai dar certo.

Tarsila gostava de brincar, mas só das propostas dela, achava Jaime um tanto quanto esquisito com suas ideias fora do comum. Após um debate para reforçar as pequenas regras e entender como isso poderia dar certo, Tarsila manda um "tá bem, tá bem" e o grupo começa. Há um rapaz novo sentado à mesa, e Jaime ainda não sabe se quer gritar "Dança das cadeiras!" ou não. Ele parece razoável, mas Jaime prevê que em breve algum traço será insuportável. Ao longo dos anos, evoluiu em sua sensibilidade energética e consegue captar alguns sinais. Seu nome é Tales, aprendeu hoje. Algum novo "queridão" da aniversariante. Eles mudam de meses em meses. Tarsila é assim.

Jaime começa. Ele pensa em azul e olha profundamente para Guto, seu amigo amado. Guto ri, fica num clima "acho que senti essa cor sim", as pessoas riem, bebem, comem entradas que custam cem reais a mais do que deveriam custar, apenas porque o Rio de Janeiro cobra como os países europeus com maior PIB nominal. Ninguém ganha dinhEURO, mas os preços são praticamente assim. Guto agora olha para a pessoa ao seu lado. "Ó, vou te passar a cor que acho que recebi." E assim a brincadeira segue seu curso. Tarsila obviamente diz que não é possível quando sua vez chega, as pessoas dizem que é apenas um jogo e que ninguém precisa ganhar, mas ela gosta de jogos onde se ganha, e esse não é o caso. Sua beleza desvanece quando o tédio se instaura na sua cara. Quando a volta termina, Jaime diz que é a hora de todas as pessoas falarem a cor que receberam. Um caos sonoro se instaura. A resposta polifônica vem. "AZUL VIOLETA AMARELO LARANJA VERDE." É percebido um dégradé.

Alguém recebeu laranja e a outra passou amarelo, mas há choques também, como a própria Tarsila, que lhe foi passado vermelho, mas ela captou verde. Jaime começou com azul e Guto captou azul, celebraram essa pequena vitória telepática com um brinde. Guto sabe que Jaime tem dificuldades sociais, apesar de muitas vezes oscilar entre um brilhantismo nas mesas e a total falta de capacidade de comunicação. Guto acha que seu pai era assim também, e, como ele cometeu suicídio quando Guto era adolescente, acha de bom grado estar perto de Jaime, checando se ele está bem. São as fases dóceis que ele teme. Com Jaime chato, puto, boladão, Guto sabe lidar, já entendeu que é sua natureza, mas com Jaime com algum traço de ternura Guto se preocupa.

As comidas estão chegando, um intervalo nas brincadeiras é proposto. Por enquanto, os lugares permanecem os mesmos.

Tales, o novo queridinho de Tarsila, comenta com Ana: "Vocês não se lembram de mim?". Ana é namorada de Guto. Muitos anos. Se conheceram jovens. Se amaram enlouquecidamente. Durante um tempo, trabalharam juntos, Ana era repórter de rua de um canal, Guto era o câmera. Muitas pautas, muitas voltas no Rio, muitos passeios, muitos buracos, muitos perrengues. Às vezes brigavam, mas, na hora do "gravando", se empenhavam em fazer o trabalho. Em algum momento da vida, resolveram abrir a relação, Ana sentia falta de energia feminina por perto, vivia em ambientes extremamente masculinos e queria tomar a coragem que sempre lhe faltou para ficar com uma mulher. Guto fez que lidou bem, mas não. Havia um acordo de não pegarem ninguém mais ou menos próximo. A cidade era grande e cheia de possibilidades e viajantes que surgiam. Ou viagens a se fazer.

Uma tarde, um estrondo horrível veio do estúdio de Guto na casa onde moravam. Ana correu, a estante de livros tinha caído toda. Guto meio soterrado pelos livros. E o WhatsApp aberto na tela enorme da TV, e os olhos de Ana só conseguiram ler Guto perguntando: "Quantos anos você acha que eu tenho?", e emoji com olhos de coração. Foi tudo muito rápido. Os livros no chão, a estante quase em cima de Guto e Ana lendo a mensagem até que viu a foto. Pequena, mas dava pra sacar. Era uma mulher que haviam encontrado em uma reportagem na rua, quando esbarraram em alguns conhecidos em um bar, trocando algumas palavras antes de darem tchau. Foi possuída por uma raiva absurda. Não da mulher. Essa raiva das mulheres chega depois. Achou uma boa a estante cair, pois teve vergonha de Guto perguntando para meninas mais novas quantos anos elas achavam que ele tinha. Quis terminar apenas por essa frase.

Guto, homem, portanto mais preguiçoso, achou fácil porque a garota foi até ele. Adicionou, aquela coisa. Tem preguiça de procurar o azeite que está no alto do armário. Imagine procurar boceta nova. Com tantas pessoas no Rio, Ana preferia circular. Entrou na paranoia de que Guto estava paquerando a garota enquanto filmava a reportagem. Ele jurou que não. Ela acreditou, mas o bode já tinha sido instaurado. Eis o homem branco heterossexual perguntando quantos anos a mocinha mais nova acha que ele tem. Não consegue esquecer. O pior é que as héteros mais novas ainda respondem, coitadas. Quando uma mulher vai perguntar isso? Nunca, dizem por aí. Não há sinais de uma única mulher perguntar para qualquer pessoa (a não ser crianças): "Quantos anos você acha que eu tenho?". Apesar de parecer constrangida, Ana é mais detetive do que emocionada. Depois teve raiva do tipo de literatura da outra mulher, das fotos escolhidas, das músicas. Jaime interveio nessa fase, Ana queria que Guto saísse de casa. Era uma mistura de ciúmes com vergonha. Mas resumiu no final: "Preciso peidar sozinha". Era difícil fazer isso, pois ela ganhava bem mais do que ele, e Guto não tinha família e foi parar no sofá-cama do amigo. Quando Guto contou a frase final de Ana, Jaime disse que entendia. Era bom peidar sozinho. Guto riu e sentiu que aquilo passaria.

Foi Jaime quem os apresentou, se sente importante por esse feito. O amigo da faculdade e a amiga do curso de francês, sua cabeça chata concluiu que nasceram para viver isso, e pois: estava certo. Realmente a crise passou. Essa. Outras enormes vieram, mas as crises passavam, o amor era questionado e reafirmado. As dinâmicas mudavam: se afastavam, se aproximavam. Abriam, fechavam. Era assim a vida, não sabiam se aquilo era bom ou certo, mas era assim que era. Até quando, não se sabia. Jaime jurava que era para sempre, e ele pouco usava essa expressão.

Ana olha para Tales e diz que infelizmente não, não se lembra dele. Sonda de onde. Tales, o único convidado mais de fora daquele grupo, diz: “Foi num bar, antes da pandemia, você não foi nada simpática comigo. Mas seu namorado foi”. Ana engasga. Felizmente as duas taças de vinho e a dose de cachaça já sacudiram seu cerebelo e há um relaxamento lingual que lhe possibilita ser mais debochada do que é. Inclusive nunca é. Tende mais à melancolia que não se comunica e muitas vezes emburaca, perdendo seu bom humor. O tem, mas muitas vezes não consegue utilizá-lo, já que o buraco lhe parece tão confortável. Jaime adora Ana como adora Guto. Não consegue acreditar que um convidado de fora meteu essa frase. Pensa em gritar “Dança das cadeiras!!!”, mas talvez hoje a lua esteja cheia em escorpião, seu sangue provoca um tsunamizinho interno, e ele começa o interrogatório com Tales. "Como assim? Onde, quando, quem?" Tales então simplesmente conta uma história que se passa há cinco anos e que para esse grupo é considerada top três piores ressacas da vida. Uma daquelas noites em que se diz que não vou sair, mas putz grila, saio. E se migra de bar. E de repente outra migração. E garrafas de vinho acabam em minutos. E tudo vai fechando, menos o fogo no cu. Que nem no cu deve ser, porque, se fosse, iriam para casa transar, mas é um fogo no fígado mesmo, talvez. E lá pelas tantas, talvez no último bar, possivelmente um quiosque na praia com caipirinha duvidosa, único lugar aberto, Tales e outras pessoas chegam. Imagina chegar um pouco mais sóbrio num grupo já altamente alucinado. Ana não se lembra dele nem do grupo novo chegar, mas lembra que estava prestes a vomitar, coisa que fez quatro vezes na vida. Prefere mil vezes ter diarreia do que vomitar. Lida bem com privada, fezes, cu. Conhece quase todos os banheiros que prestam no Rio de Janeiro, já pensou em fazer um aplicativo sobre isso, pensou no nome *Número 2 na moral*, mas a ideia ficou só na cabeça. Mas vômito, não consegue. Tem medo de ter a ver com recalque, o psicanalista diz que não é bem assim. Acha a boca sagrada. Não fala muito, prefere ouvir. Fala quando acha imprescindível. Os poucos dias de vômito são memórias de terror. Mas Tales insiste e diz que lembra até como ela estava vestida. Tudo muito estranho, mas não tanto porque Ana é pessoa pública, agora é repórter do canal aberto mais visto, principalmente matérias esportivas. Nas Olimpíadas, então, fica sem vida. É claro que o rapaz vai se lembrar da roupa dela e ter uma expectativa do sorriso-aeromoça, quando tudo que ela queria, coitada, era vomitar. O rapaz insiste, olhando para Guto: "Mas você, sim, você foi muito simpático". Guto é um tipo bonito. De longe, muito bonito, de perto há traços de esquisitice. Mas passa pela categoria galã. Jaime, então, pergunta se Tales é gay. Certo desconforto na mesa. Tarsila fica: "Gente, que pergunta é essa?". Tales diz que vê onde Jaime quer chegar com aquilo e diz que não é bem assim. Ana embarca no deboche e diz: "Mas é claro que VOCÊ (ela reforça o você) vai ter achado meu namorado simpático". Ela ri, tentando disfarçar, e diz que aquele dia foi uma das três piores noites de álcool de sua vida. Passou dois meses sem beber. Se culpando, se limpando. Indo para retiro e o escambau. Mas, claro, o que um desconhecido lembra é que ela foi antipática. Jaime é neurótico, mas, quando a neurose alheia é descabida e assuntada de forma aleatória, ele entra num modo mais esquisito ainda. Guto não diz muita coisa, passa a mão na perna da namorada embaixo da mesa, confirma que até hoje eles se lembram dessa noite, sendo considerada uma das piores noitadas da vida. E confirma que não se lembra dele, talvez tenha apenas dado um sorriso. Guto dá sorrisos. É mais hipócrita social que Ana e Jaime. Chega em casa e descasca e analisa cada ser humano encontrado, mas socialmente oferece sorrisos, o que muitas vezes pode confundir as pessoas. O clima fica um pouco estranho, a própria Tarsila propõe mais uma rodada de telepatia pra ver se o simulacro da alegria volta ao ar. Algumas pessoas ainda estão comendo, outras já acabaram. A quantos mesões de restaurantes sobrevivem as amizades?

— A categoria agora vai ser QUALIDADES! Vamos falar de coisa boa, gente!

Há certa relutância em aceitar a categoria. "Ai, que bobagem" ou "Nossa, vai ser muito amplo". Chegam à conclusão de que seria melhor se fossem qualidades ou defeitos. Tarsila só queria virtudes, mas votam por defeitos também. A turma da sombra diz que não há luz sem caos, aquela coisa. Tarsila pede para Jaime começar. Por acaso, Jaime está sentado ao lado de Tales, que está em frente a Ana. Jaime pensa, com a cabeça abaixada, mas de repente levanta e olha intensamente para os olhos de Tales, que antes estava dando uma checada em Guto. Ana sente que ele comeria seu namorado em três, dois, um. Não sente necessariamente ciúmes, apenas raiva de ter sido chamada de antipática de forma muito aleatória. "Guarda pra você essa informação e vamos tentar de novo? Do tipo: 'Opa, não sei se você se lembra de mim, mas uma vez no quiosque da praia...'." Era o que ela gostaria de dizer, mas existe uma preguiça em ser educadora social. Mirabola um Instagram secreto que se chamaria @educadorasocialBRINKS. Uma página de zoeira, mas ao mesmo tempo real. Ensinando alguma etiqueta social para evitar situações terríveis. Mas não fala, nem deve criar tal perfil, são flashes muito rápidos em sua cabeça. Deve apenas dizer no divã quando for contar para o analista. Jaime pisca para Ana num clima de "deixa comigo". Ana não quer uma situação chata, evita a qualquer preço. Jaime quer se vingar, ainda que telepaticamente. Enquanto Tales o olha, Jaime o fulmina com uma palavra em mente. Hilária e silenciosamente ele se vinga, sua sobrancelha até muda, Tales não percebe nada e comenta: "Caramba, que virtude ou defeito será?". Ana ri por dentro, sabe do que Jaime é capaz. E não quer ser considerada antipática, só quer que a deixem em paz. Tales acha que finalmente capturou algo e assim a roda segue. Jaime está curiosíssimo para saber o que será que o desconhecido sentiu. Quando todas as pessoas dizem em voz alta, não há nenhum acerto, tampouco dégradé. E como não combinaram se falariam qualidade e defeito em forma de substantivo ou adjetivo, há um caos sonoro. "CORAJOSA, GENEROSIDADE, AVAREZA, SIMPATIA." Caos. De repente, alguém lembra que havia um início.

— Jaime, qual foi a sua primeira palavra?

— *Equivocado* — ele diz, seriamente, enquanto fulmina Tales.

Tarsila vira os olhos. Ana vira o vinho. Tales vira estátua. Jaime vira uma lenda. As outras pessoas viram pó e não entendem muito bem o climão na atmosfera. E Guto sorri. De fato, o filho da puta é muito simpático.

PAUSA PARA PENSAR:

Uma dessas pessoas que toma remédio contra cólica de manhã, de tarde e de noite. Mas, quando vai parir um bebê, se recusa a tomar drogas e diz: "Quero sentir tudo". Uma dessas pessoas. Uma dessas pessoas que sonha com tigre, acorda e sai procurando pela esquina um jogo do bicho pra apostar e ganhar um trocado. Mas quando sonha com Fulana, não liga nem manda mensagem, mesmo sentindo que, *OPA*, talvez fosse o caso de ser um amor na minha vida. Uma dessas pessoas que não vai no aniversário do amigo porque diz que acordou com dor no ouvido, mas de noite sai para transar com um desconhecido e nem usa camisinha. Conhece alguém? Me conhece? Se conhece?

5 / XADREZ NÃO, DADOS SIM

"Avisamos que nossa Elke já não está por aqui, conosco. Como ela mesma dizia, foi brincar de outra coisa."

Mensagem postada no perfil da artista Elke Maravilha após sua morte

Nos aniversários, gosto de dar coisas que tenho em casa. Penso na pessoa do dia, lembro de histórias vividas e dou um giro pela minha casa. Ainda preciso desse livro que já li uma vez e provavelmente jamais relerei? Esse enfeite que comprei em Salvador, ainda faz sentido estar aqui? Essa cachaça que me deram, vou tomar? Falando assim, parece que quero me livrar das tralhas, mas é mais uma maneira de criar circulação dos objetos através de algum elo. Fulano curte cachaça, Sicrana gosta de poesia, Beltrano ama um enfeite minúsculo. As coisas se encaixam, ativo meu feng shui e a amizade sorri em ser presenteada em tempos onde isso não mais ocorre. Eu mesmo nem lembro quando me deram um presente. Físico. Embrulhado. Com adesivo "De: Para:". Hoje é aniversário da Stella. S mudo, dois Ls. Namoramos durante uns três anos, foi um amor bem deslumbrante, mas eu era muito novo, muito moleque. Stella era histérica e neurótica, mas com mais noção emocional. E também com uma herança. Não chegava a ser rica. Mas quem tem casa com trinta anos, herdou. Minha mãe trabalhou durante trinta e cinco anos como empregada doméstica na casa de uma família. Eles não eram ricos nem a gente era pobre, talvez por isso a relação tenha durado com algum mínimo de respeito. Não era tanto abismo, mas era um vão entre o trem e a plataforma. Não somos família, e nem eles nunca tentaram meter essa. Mas era uma relação amigável. A patroa da minha mãe me mimava muito quando eu era pequeno. Senhoras branquelas amam bebês pretos. Quando a gente cresce, a coisa muda um pouco de configuração, mas até que Dona Lourdes tentou manter algum carinho. Quando minha mãe chegava com uma sacola cheia de roupas do filho, sobrinho e marido da patroa, a gente fazia a festa lá em casa. Era quase melhor que ir ao shopping. Porque ir ao shopping era a certeza de ver tênis maneiros, camisas iradas e não comprar. Era tentação e frustração o tempo inteiro. As sacolas da patroa já eram nossas e essa garantia era cheia de alegria. Minha mãe virava tudo em cima da cama e meus irmãos e eu ficávamos eufóricos. Nunca ninguém gritou "essa é minha", "falei primeiro", nada disso. Minha mãe quase não nos via, mas nas poucas horas em que ela nos maternava, praticamente só falava sobre a importância de sermos amigos, de nos cuidarmos quando ela não estivesse. Fica claro que eu não tenho pai? Não tenho pai. Meu irmão do meio também não, o caçula tem um pai, que era quase o mesmo que nada, mas pelo menos ele tinha um rosto pra ver e tentar se comparar. Pelo menos umas cinco vezes ao ano, trocava umas palavras com ele. A gente, nada. As sacolas expeliam camisas de marca, de times de futebol, moletons da Disney, a gente ia experimentando e com muita lógica as peças eram escolhidas. Uma ou outra vez houve disputa, mas a obviedade do tamanho definia o destino final.

Stella se dava bem com minha mãe. Quando terminamos, minha mãe jurou que era meu fim, julguei de um drasticismo sem tamanho, eu tinha trinta e um anos. Imagine, toda uma vida para conhecer outras mulheres e ser feliz. Hoje em dia, já concordo com minha mãe. Foi um fim ali. Eu não soube crescer junto, as nossas diferenças sociais nos rasgaram muito. Stella tinha um apreço por bem-estar, silêncio, ficar em casa, e eu acostumado ao caos do meu bairro, meus vizinhos brigando dia e noite, barulho de obra, de boteco, de gente fodendo, criança apanhando. Eu não sabia que silêncio era uma espécie de paz. Enquanto houvesse comida, eu achava normal o barulho do caos. E aquilo era paz para mim. Hoje em dia estou num processo de diagnóstico de autismo e tudo começou, quem diria, com som, barulho. Comecei a ter tique nervoso com sons. Repetidos, altos. Me contorço inteiro. É uma cena feia de ver, tenho noção. E não me lembro de ter sido assim na infância. Não me lembro tanto da infância. Lembro da comida. Das roupas que chegavam. Da merenda na escola. De ter que atravessar meus irmãos na rua, dizer que vermelho não podia e verde rolava de ir. Eles riam, e eu achava um saco. Mas fazia.

Achei dois dados que comprei em alguma viagem. São azuis com as bolinhas amarelas. Comprei? Me deram? Agora não consigo lembrar. Mas acho que ela vai gostar. Vai? Faz dez anos que terminamos. Agora somos amigos, e ela foi a primeira pessoa para quem contei quando beijei um homem. Tentei conversar com um amigo gay, mas fiquei horrorizado quando ele resumiu tudo a sexo. Se eu não desse o cu, não era gay. Se eu não comesse cu, também não era. Ele disse. Eu delirando em pensamentos de cunho afetivo e romântico e meu amigo gay me julgando sobre penetração. Em algum momento a curiosidade sobre o assunto pintaria, mas eu ainda não estava nesse estágio. Stella disse que ficava feliz pela minha busca das sensações. Que eu tinha que tentar viver aquilo mesmo. Ela pouco contava da vida, só se eu perguntasse, o que acho um tipo de amizade meio doida. Não partia dela. Se ela pensava que iria me magoar, que bobagem. Mas dei pra ficar mais fofoqueiro ao longo da vida e sempre pergunto. A quantas anda, tudo. Mas ela é mais misteriosa. Encontrou budismo, essas coisas. Teve um surto recentemente, foi internada e o caralho. Como eu a conheço, vejo lá dentro da bola do olho dela um brilho da loucura. Eu sei e ela sabe que eu sei. Mas ou ela disfarça bem ou toma remédio e não me conta. Ou sei lá, bicho, budismo funciona mesmo. Vai saber.

Marcamos de fazer um picnic na Quinta da Boa Vista. Lá é a nossa garantia de não encontrar nenhum conhecido. As pessoas da Zona Sul ignoram a Quinta da Boa Vista, ou imbuídos em seus preconceitos não querem se misturar ao povo, já basta a praia. Gosto da Quinta, depois do incêndio no Museu ficou um clima de tristeza, mas a garantia de famílias descendo a grama num pedaço de papelão mantém o astral local. Fez-se merda lá? Fez-se muita merda, estupro, assassinato. Os fantasmas da corte racista estão por ali. Mas foco nas árvores, nas bicicletas que alugam, nas pipas que soltam. É um parque de graça, a maioria das pessoas é preta, me sinto bem aqui, ninguém se assusta com minha presença. Stella chega de skate, como se fosse na década passada quando ainda namorávamos, freia com um pé no asfalto e o outro em cima do skate, e ainda fico fascinado. Diz "oi, oi, oi" e comenta que está tendo um jogo de xadrez com peças gigantes na entrada da Quinta, que a gente precisa jogar. Pergunto se as peças são gigantes tipo a gente, mas ela diz que são metade do nosso tamanho. Rimos, nos abraçamos. "Parabéns, sua biruta maravilhosa." Digo que o xadrez vai ter que ficar pra próxima? Digo. Não transo xadrez. Os cavalos me enganam, a torre me oprime, a rainha me trucida, os bispos me surpreendem. Tentei muito entender, com Stella até, mas tive uma dificuldade para além do normal. Que raios uma peça andar em L. Melhor perder a rainha ou cavalo, torre, bispo? Ela sorria e dizia que cada jogo era único e com mil possibilidades. Minha dificuldade em compreender não me permitia ir além. Confundia com damas, coitado. E uma única mísera vez que cheguei até o fim, não conseguia dar xeque-mate. Era xeque, xeque, xeque, mas nunca mate. Nunca mais brinquei. Mas sei que ela ama. Para acalmá-la, prometo que podemos brincar daqui a pouco, mas agora vamos esticar a canga, escolher uma sombra. “Quero te dar seu presente”, digo. Entrego o saquinho de veludo com os dados dentro. Como achei esse saquinho em casa? Foi de algum presente de Natal que minha mãe me deu? Ah, foi. Veio uma pedra do meu signo. Foi o presente mais holístico que minha mãe me deu e prezo muito por ele, não por eu ser, mas por saber que minha mãe entrou numa loja diferente, conversou sobre coisas que nem são da dinâmica de vida dela. Sempre me deu cuecas e meias, sempre. Entrego o saquinho com os dados dentro. Não fiz cartão. Não consigo muito. Aí já é uma barreira maior. Stella fica feliz com os dados. E claro que começa a brincar.

— Adivinha qual número vai sair?

Ela sacode os dados na mão, e só consigo dizer: “OITO”.

A soma dos dados confere SETE. Stella fica felizinha, vibra um “quase!”. Como se “quases” fizessem diferença na história da humanidade. Alguém quase ganhou na loteria. Um time quase ganhou a final da copa do mundo. Uma pessoa quase ganhou o emprego dos sonhos. Uma tragédia, o quase.

Digo que não sei se quero adivinhar números de forma aleatória, ela inventa um novo jogo dizendo que vai falar uma palavra que tenha a ver com um, dois, três, quatro, cinco ou seis, e eu tenho que escolher. Vai usar apenas um dado agora. "Japão", ela diz. Penso no número um, por causa da bandeira do Japão, aquela bola única. Stella mostra, e sim, ela também pensou em um. Vibramos idiotas. Há um momento de magia no ar, chega a ser romântico, mas sinto um corte vindo dela, ao tirar uma bebida da bolsa térmica, afirmando: "Vamos beber uma caipirinha!". Ela nem perguntou o que eu queria? Ela nem me perguntou! Caipirinha e pronto! Diz que é minha vez. Estou tão sem ideias, nossa, ela diz para não pensar muito, que a graça é essa. Eu tento provocar. "Amor", digo, enquanto escolho de novo o dado de número um. Stella pensa, fica um pouco encabulada com o tema, eu percebo, é engraçadinho até o jeito que ela fica. "Ai, não sei, três?" Mostro o dado com o número um, e ela sofre. Diz que leu recentemente que o ser humano tem apenas três grandes amores, eu digo que essas pesquisas precisam ser refeitas por conta da não monogamia estar mais em alta, mas comento que eu mesmo só tive um. Que as outras pessoas passearam por outros campos de afeto, mas não pelo amoroso. Eu mesmo estou equivocado em relação à categoria? Devo estar. Ela fica estupefata e afirma que não é digna de ser o único posto de meu amor e que eu sou um cara foda e que ainda vou encontrar alguém tão foda quanto e de repente paro de ouvir. Só vejo sua boca falando: "Minha vez. Futuro!", mas a voz sai em câmera lenta, eu entendi mais por leitura labial do que pelo som, a mão canhota gesticulando enquanto segura o dado de um jeito bem *slow motion*. O som ao redor vai diminuindo, pássaros, crianças, não faço ideia se meu corpo está caindo ou apenas meu rosto ou se tudo é apenas interno e por fora estou igual. Minha visão vai embaçando e minha cabeça dói como se uma bigorna tivesse tomado o espaço do meu cérebro. Lembro a última imagem antes do meu olho fechar de vez: Stella levantando, o dado quicando na grama, ela vindo em direção a mim. Meus olhos buscam o resultado do dado. "Vai dar dois, vai dar dois, eu e ela. Ela e eu." Mas não consigo ver onde caiu. Apago.

Acordei com minha mãe e Stella ao meu lado num quarto de hospital. As duas muito felizes por eu estar acordando. Mas, no fundo do olho, onde reside a loucura, naquele trechinho da íris, dava pra ver que elas tinham enlouquecido dos três dias que passei no hospital após a cirurgia que tive que fazer por conta de um aneurisma. Esses dias passei apenas piscando os olhos, sorrindo, nem sei se lembro, mas é o que elas dizem. O médico que entrou no quarto, após a excitação das duas em me ver despertar, tomou a palavra e me dizia coisas, mas eu só pensava no resultado do dado. Cismei? Cismei. Minha mãe se aproxima, fala coisas como que eu não deveria passar tanto tempo no computador ou no celular. Que agora eu precisava descansar. Lembro que tinha que entregar uma edição de um programa de humor para hoje. Mas nem sei que estou há três dias no hospital. Quando pergunto da produtora, minha mãe leva a mão à minha boca e apenas diz: “Tá tudo bem, você não pode pensar nessas coisas agora”. Eu queria muito que funcionasse assim, mãe. Que sonho seria. Não consigo não pensar se vão me pagar caso eu não entregue, mas nisso Stella se aproxima. Está um tanto quanto bonita para uma visita no hospital. Ela não costuma usar corretivo nem máscara nos cílios, mas hoje ela está com. Percebo porque, sem máscara nos cílios, tem um olhar muito de criança, mas, quando coloca, muda completamente. Era uma brincadeira nossa. Ela passava rímel quando queria transar, era hilário. Estávamos dentro de casa, e ela falava: “Am, tô passando rímel pra ficar mais gostosa pra você”. Ela nunca me chamou de “Mô”. Ela achava o início da palavra “amor” mais bonito. “Am.” No início achei estranho, mas logo gostei. O som causava confusão em quem ouvia, mas a gente ria disso tudo. Minha mãe um dia perguntou que diabo era aquilo que a gente se chamava. Expliquei e minha mãe riu e disse que era coisa de gente jovem, e eu disse que não, era coisa nossa. Penso em perguntar por que ela está tão enfeitada assim, mas antes disso minha mãe faz questão de dizer que Stella esteve lá todos os dias, alternando com ela. Minha mãe ama Stella, às vezes me pergunto se eu a amo porque minha mãe a ama. Deve ser isso? Deve. Pode ser ruim, mas há de ser algum filtro bom. No meu caso, pelo menos. Me dou bem com minha mãe. Mesmo não a conhecendo direito, porque conheço a versão cansada, explorada e abusada pelo sistema. Quanto mais os filhos foram saindo de baixo da asa, a gente foi implementando conceitos novos, como ter coisas favoritas. Isso não existia pra ela. Ela gostava do que tinha e acabou. A gente também foi criado assim, mas houve uma evolução de individualidade. E de repente eu estava obcecado por caramelo, meu irmão do meio sempre foi o tipo napolitano mesmo e o caçula só ama sorvete de frutas. Aos poucos, minha mãe foi entendendo que estava tudo bem escolher algo do cardápio e não apenas dizer: "O que tiver tá bom". Eu pedia amostras dos sorvetes, ela se preocupava achando que teria que pagar, e eu explicava que não, que aquilo era pra ela provar, ver de qual ela mais gosta e finalmente pedir o sabor escolhido. Ela se maravilhava. Acabou ficando com chocolate, e esse é seu favorito. Stella gostava de dar hidratantes para minha mãe, que tratava aquelas latinhas como se fossem joias, e talvez fossem. Depois de anos de serviço doméstico, ela agora podia cuidar das mãos com os cremes cheirosos e caros (pra ela) que minha ex-namorada dava. Falavam sobre cheiros, comparavam. Era um assunto delas em que nunca me meti, só ficava ouvindo e quase dormia de tanto prazer. As vozes, os cheiros, o abrir das latinhas, elas rindo, comparando, era puro ASMR para mim.

Stella comenta que está muito feliz, mas que tem que ir. Sinto cheiro de outra pessoa no ar. Sinto uma dor de cabeça fortíssima. Mas não devo morrer, um espírito me diz por dentro: "Você não vai morrer agora". Eu acredito, porque eles me dizem coisas desde que tenho uns cinco anos. Só em relação à Stella é que nunca falaram: "É essa". Mas não creio nisso. Embora minha mãe diga que é ela. Eu a amo, mas não creio. Na minha mãe, digo. Ficou confuso? Ficou confuso. Stella me abraça, diz que é uma alegria me ver acordado e bem. Eu pergunto qual foi o número que constava no dado da palavra FUTURO. Ela ri e diz que só depois que chamou a ambulância foi verificar. "Eu também não ia conseguir viver sem saber." A gente ri, e lembro que a gente se dava bem porque a curiosidade e a fofoca sempre nortearam nosso relacionamento. Saudade disso, inclusive. "Deu dois, sabia?" Mesmo quase morrendo, acertei. Deu dois. Eu e ela, ela e eu. Dois! Ou então ela e outra pessoa. Ai. Ela e minha mãe também. Melhor. Minha mãe e eu. Tudo é dois. Que loucura.

O médico e eu. Começo a delirar. A patroa e minha mãe. Meu pai que eu não conheci e minha mãe. Meu irmão e eu. Eu e meu outro irmão. Tudo é dois. Que inferno, não consigo parar de pensar. Tudo é dois. Quero ou não quero. Posso ou não posso. Isso ou aquilo. Cara ou coroa. Par ou ímpar. Vai ou racha. Tudo é dois. Saiu dois no dado. Ela me beija na testa. Diz: "Tudo é dois, mesmo quando é mais". Penso: *Fodeu.* Sinto uma coisa estranha na barriga e na garganta, não sei se quero vomitar ou cagar. Aneurisma tá tranquilo, buguei a caixola de tanto pensar, mas vontade de cagar ou vomitar na frente de Stella? Essa parada é paixão. Me conheço, tô por dentro das paradas. Li García Márquez. Cólera e paixão, mesmos sintomas. Antes de ela sair da sala, me sopra um beijo. Uma entidade encosta em mim e diz: "É você e ela, mizifi". Então é isso? Depois de dez anos, estou novamente apaixonado pela minha ex? É isso mesmo? Pelo visto, sim.

PAUSA PARA CONVERSAR RAPIDINHO:

essa música é muito a gente aquele dia. essa música é muito o dia que a gente terminou. essa música é muito aquele beijo. essa música é completamente você e eu naquela viagem em que faltou luz durante quarenta e oito horas. essa música é muito a gente tentando dormir e desistindo porque não tinha ventilador. essa música é muito 2020 antes da pandemia. essa música é muito uma ideia que a gente teve, mas nunca anotou e gravaram antes. essa música é muito baile do tijuca tênis clube, 1998, antes dos mcs subirem no palco. essa música é muito eu apaixonada e ridícula. essa música é muito aquela noite em que você não atendeu meu único pedido de socorro. essa música é muito ver o sol nascer em copacabana doidona. essa música é muito o nosso camping de 2003 que agora caiu na moda da galera. essa música é muito você tentando dançar que nem seu pai. essa música é muito a fase em que eu fazia teste de período fértil e a gente tentava. essa música é muito a fase em que eu fazia teste de gravidez e nem chorava. essa música é muito eu seguindo o dia como se nada. essa música é insuportável, desliga essa merda, na moral.

6 / NOME NA TESTA

A vida não é de se brincar porque em pleno dia se morre.

Clarice Lispector

Soube outro dia que esquilos não acham oitenta por cento das nozes que escondem. Muita gente se chocou nos comentários da rede social onde vi essa informação, mas eu achei normal, até. Xingavam os bichos, coitados. "Burros!" ou "Por que não comem logo?". Permaneci em silêncio, que é meu melhor comportamento online, e pensei que, quase toda vez que pego um casaco, tem uma nota de cinquenta reais dentro. Nos livros também. Já pedi inúmeras segundas vias de documentos, cartões de crédito, tudo pra perder e, numa próxima estação, as coisas pipocarem em bolsos, cadernos, pochetes. Ou perder e perder mesmo. Tal qual esquilo, nem sempre acho. Teve uma vez que foi lindo, porque achei oitocentos reais no bolso de um casaco. Acho que eu ia pagar alguém, mas acabei fazendo pix. Nossa, quando eu achei foi uma festa. Não sei por que sou assim. Minha família é alemã como eu e era pr'eu ser um pouco mais organizada, mas morar no Brasil me deixou assim também. Ou então vim pra cá para poder esquecer as regras e normas. Afinal, é bom esquecer. Meu namorado já ficou mais chateado com esses sumiços, ele tem más lembranças porque o pai era assim, perdia tudo e ele que tinha que resolver. Gatilho que chama, não é? Na Alemanha, a gente ainda não usa tanto essa coisa de arma como metáfora para sentimentos, por mais violenta que seja a história do país. Ou talvez por isso mesmo que a gente não usa. No Brasil, falam muito "porrada" pra uma coisa boa. "O show foi uma porrada, levei uma porrada dessa paixão." Eu estranho, mas tento internalizar pra poder me comunicar de maneira parecida. Minha namorada é da linguagem e tenta me ajudar nas traduções e sensações. Mas ela é tão poética que muitas vezes me confunde, porque é cheia de analogias. Meu namorado é mais pragmático, as traduções são mais certeiras, ele tem vocabulário erudito, porém fico mais alemã mesmo. E sei que isso é perene, mas quero um pouco mais de entrosamento com o país em que agora moro. Então aprendo um pouco com ele e um pouco com ela e tento misturar.

Nossa filha nasceu e o nome dela é Tila. Tila era a amiga do He-Man naquele desenho. O certo era Teela, mas isso seria loucura para o Brasil. Já é loucura Tila, imagina Teela. As pessoas sempre pedem pra repetir o nome quando o ouvem. Eu sabia que seria assim, meu namorado sabia, minha namorada também. Aceitamos que assim seria e embarcamos nessa alucinação. Fizemos um chá de revelação um tanto quanto esquisito e hilário, onde não revelamos seu sexo, porque somos contra essa cafonice alucinada. O chá apenas revelou que estávamos esperando um bebê. Uma bebê. Tanto minha família lá na Alemanha quanto a família brasileira receberam um email com uma música, um pouco tosca, mas engraçada, onde cantávamos: "É menino ou menina? Não importa, é neném, é neném, é neném". Era meio rock and roll, nada suave, nada da tradicional música infantil, nada disso. Até hoje virou uma piada interna nossa: quando Tila faz uma merda, a gente grita "é neném, é neném, é neném!".

Somos progressistas, mas nossas famílias nem tanto. Perto dos fascistas que tentam retomar a Alemanha e se alastrar no Brasil, nossas famílias são de esquerda radical e a gente é... sei lá, satanista! O choque em sermos três pessoas tendo uma filha, embora eu jogue minhas mãos para o céu em agradecimento, porque ser mãe é mais fácil com outras duas pessoas, o choque é grande pra família. Muitas perguntas, muitas dúvidas. Tentamos explicar com mais perguntas. "Eu também não entendo como é seu relacionamento, você pode me explicar?" Porque, de fato, eu não entendo. Nem sei pra que querem entender o nosso. Talvez nem a gente entenda. Relacionamento é para entender? Tila parece sentir que é amada e bem cuidada. Ainda não vai à escola, e é sofrido pensar onde podemos deixá-la durante horas de sua vida. Horas onde pessoas ignorantes podem atrapalhar o desenvolvimento de um ser humano que pode ser genial. Toda criança é genial, e a escola faz perder oitenta por cento da genialidade. Não estou inventando. Vou tentar achar a fonte. Ah, você aprende socialização, não sei o quê. Mas me assusta pensar que vamos deixá-la sabe-se lá onde, com quem, pra bichinha emburrecer, coitada. Sou agnóstica, mas acredito em figuras marcantes, não angelicais. Mas será que rola garantia de uma professora excelente? Nem todo mundo tem essa sorte. De vinte professores e professoras que tive, duas pessoas me marcaram. Imagine, duas! E, para além da poda intelectual, mesmo que a escola seja moderninha, sempre vai ter alguém para sacanear o formato da sua família. O Brasil é tão ridículo. A Alemanha também, todos os países. Mas é que agora estou aqui e quero dizer que o Brasil é ridículo. O Carnaval, gente. Um biquinizinho que tapa só o mamilo, o cu e a vagina, quase. Mas as vezes que tentei entrar na praia de topless, quase fui presa. Quase fui violentada. O simulacro do Carnaval permite tapar o biquinho do peito e o cu e a xereca. Nudez é zero tabu na Alemanha. A gente fica pelada no parque, no lago, o avô fica pelado na praia, a avó mostra os peitos com oitenta anos, a pessoa que você acabou de conhecer fica pelada no parque. *Freikörperkultur*, cultura do corpo livre. A gente deve ter trava sexual? Deve, mas não tem a ver com nudez. Já acho avançado. Aqui acho atraso. Não sei se tem vírgula depois desse "aqui", talvez tenha. (Eu escrevo, depois o corretor me ajuda, depois minha namorada lê, comenta. O namorado também lê, mas é a leitura final.) Eu tenho pena das pessoas brasileiras que moram na Alemanha e depositam toda a esperança e a alegria no Carnaval do Rio. Nem aprendem alemão e passam os meses de lá esperando uma semana daqui, não consigo compreender essa conta. Eu gosto do Carnaval, há a parte do simulacro, mas tento ir além. Minha namorada só gosta do desfile, detesta bloco, ela já cantou num e acho que ficou traumatizada, ela se pergunta por que se reserva tanta energia para uma semana, ela queria que o ano todo fosse assim, nós explicamos que talvez o Brasil fosse explodir, e ela acha que não, que talvez a concentração de energia se espalhasse e todo mundo fosse verdadeiramente feliz o ano todo. O ter que ser feliz em uma semana é que destrói a possibilidade de realmente ser. Ela lê muito Byung-Chul Han e pira.

Meu namorado é o mais sociável de nós três, ele gosta de ver gente. Depois critica tudo e todos, relativiza também, claro, mas gosta de ter material para crítica, talvez, e vai para tudo. Mas não passa pano, é observador feroz. Somos pessoas diferentes e estranhas, mas, por algum motivo destrambelhado (amo essa palavra), nos amamos e entramos numa de formar família. Em breve, Tila vai ter que ir pra escola e, como toda mãe, estou nervosa. Quem serão as outras crianças, ou pior: as pessoas responsáveis pelas outras crianças. As professoras serão curiosas, inteligentes, instintivas ou apenas seguirão regras? Temo e a beijo nas bochechas fofas.

Estamos dentro do carro indo para o mato nesse Carnaval, achamos melhor assim, ainda mais Tila com dois aninhos, quanto mais natureza viva ela experimentar, melhor. Desde que as queimadas não cessaram, e usar máscara passou a ser obrigatório nas ruas, ela se habituou muito bem. A gente que não, a gente que nunca. Amigas com crianças pequenas durante a pandemia falaram que suas crias se habituaram rapidamente àquela época. Criança pega rápido mesmo. No mato, pelo menos, conseguimos ainda ficar sem máscara.

Não sabemos até quando. Estou dirigindo e pensando que tudo na minha vida aconteceu inexoravelmente. Mesmo sendo alemã, minha vida é tragédia grega: o destino sempre diante de mim, e eu quase nunca conseguindo evitar seguir até ele. Essa história, essa filha, essa mulher, esse homem, tudo destino.

Ele: — Preciso fazer xixi, vamos dar uma paradinha?

Ela: — Boa, quero esticar as pernas também, e daqui a pouco a Tila tem que comer.

Eu: — Também poderia fazer boquinha.

Ele: — "Uma" boquinha, tem que botar o artigo.

Eu: — Ah, sim, fazer uma boquinha.

Paro o carro, Tila acorda. É uma criança extremamente curiosa, tudo pergunta, tudo quer saber. Puxou os meus olhos, mas a boca é do pai. Puxar é outra expressão que acho graça no brasileiro. Puxei o nariz do pai e puxei os olhos da mãe. Puxei. Dou risada. Mas a personalidade da Tila parece mais com a da outra mãe, a que não gerou. Inclusive elas têm um grude meio cármico, sinto. Não rezo, mas torço para que nada seja necessário do tipo Tila precisar de um transplante de fígado e aí vamos descobrir que apenas a outra mãe é compatível, sabe essas histórias? Detesto o simples fato de já ter pensado isso, mas é que realmente a telepatia que elas possuem é algo impressionante. Minha mulher diz que é só praticar, mas não acho que seja verdade. Era pra eu ser mais cética, *alemoa,* mas acredito em destino, então imagine se não acredito em telepatia. Tila fala alemão e português. A namorada e o namorado, não. Sabem palavras, sabem ser educados e simpáticos, mas não sabem conjugar verbos direito. Tila já sabe, e eu fico fascinada como ela naturalmente muda do alemão para o português. Comigo é assim, com ela e ele é diferente. *Pá!* Crianças são esponjinhas fascinantes. O que torna tudo perigoso. O que eu falar, apresentar, mostrar, vai ter um impacto para o resto da vida, por mais que ela recalque ou esqueça, tenho que ter muito cuidado. Eu amo que ela ri que Lua em português é palavra feminina e Sol é menino. Mas, em alemão, Sol é mulher e Lua é masculino. Tila ri e a vejo tão parecida com *ela,* porque a primeira vez que lhe contei isso ela também delirou nessa troca.

Na parada da estrada onde dizem que servem comida alemã, e eu rio, percebemos que ainda faltam duas horas para chegar. Tila é facilmente entretida por uns livros cheios de texturas, barulhos e páginas. Sabe o que é celular e por vezes quer pegar, mas estamos firmes na tentativa, por enquanto. Ainda vale o sacrifício. Para a gente também é bom porque pegamos menos. Adorava a época que a gente entrava na internet. Minha namorada me conta que ligava o computador com o dedo do pé, acho isso muito brasileiro. Mas era isso: entrávamos na internet. Agora a internet está dentro e é difícil sair. Mas ter uma filha nos ajudou a sair, alívio. Dividimos nossos horários, claro, pois ainda precisamos muito da internet. Mas ninguém fica muito com o celular na frente de Tila, portanto ela ainda não sofre, chorando e implorando como vejo outras crianças fazerem. Ser três ajuda muito. Não entendo como acham estranho. Três pessoas cuidam bem melhor de uma criança do que apenas duas.

Ela: — Vamos brincar de perfil?

Ele: — Ah, não...

Eu: — Eu topo, mas não quero mais dirigir.

Ela: — Eu superdirijo se vocês brincarem.

Ele: — Tá bem... quem tem papel?

Claro que tenho papel, caneta, cem reais, cem euros, uma bala aberta, chave de uma casa que nem moro mais, cartão de um mestre de obras, chupeta da Tila, lenço para assoar nariz, um cartão/chave de hotel que fui no ano passado, tudo isso dentro do bolso do casaco. Os esquilos não sumiram com essas tralhas. Estão todas aqui. Enquanto acabamos de comer, escrevemos uma pessoa conhecida no papel e vamos colar na testa de cada um. Ela escreve "Yoko Ono" na minha testa, eu escrevo "Nossa filha" na testa dele, e ele escreve "Alexandre, o grande" na testa dela. Isso vai ser engraçado. Entramos no carro.

Ela: — Eu sou mulher?

Ele: — Não! Só pode continuar perguntando se a resposta for sim.

Eu: — Então sou eu! Eu sou mulher?

Ela: — Sim!

Eu: — Eu sou uma personagem?

Ela: — Não!

Eu: — Ah, menos mal, porque ele tem mania de colocar uns personagens bizarros.

Ele: — Ah, foi muito engraçado quando você foi o Rambo e perguntou: "Eu tenho alguma ligação com maconha?".

Ela: — Rararara! Foi mesmo!

Ele: — Vocês sempre começam com gênero, feministas obcecadas.

Ela: — Cala a boquinha!

Eu: — Então, vai, malandrão, começa de outra maneira!

Ele: — Eu sou foda?

Risadas, Tila ri também, nem entende, mas se contagia. Ele está atrás com ela e dá um beijo de ternura na sua cabeça. Ela está serena "lendo" seu livrinho. É engraçado ela sorrir bem agora. Agora que ele é ela, e que pergunta se ela é foda. Você é foda, minha filha, você é foda. Nossa filha. Ilha.

Eu: — Sim, você é foda. Muito foda.

Ela: — Você é das pessoas mais fodas do mundo!

Eu: — Para de dar dica!

Ele: — Hum... Eu estou vivo, então.

Eu: — Tá vendo, você deu dica!

Ela: — Ah, esse jogo só é bom com dicas. Não é, Tila?

Tila: — É, mamãe.

Ele: — Eu sou real?

Eu: — Real, não é personagem.

Ele: — Vocês não colocariam homem pra mim, então eu sou mulher?

Eu: — Ahhhh, sim! Que saco! Rararara!

Ele: — Eu sou idosa?

Ela: — Não! Tá, minha vez, só descobri que sou homem, né? Se foi ele que escolheu meu nome, eu devo estar morto, certo? Ele só coloca nome de defunto, que mania!

Ele: — Ah, temos que homenagear tantos mortos.

Ela: — Rá! Eu era muito de antigamente?

Ele: — O que você quer dizer com "muito antigamente"?

Ela: — Ah, baby, você entendeu o que eu perguntei.

Ele: — Não senhora, tem que especificar.

Ela: — Sei lá, tipo antes de Cristo?

Ele: — Sim, sim!

Ela: — Ai... Eu sou uma pessoa bíblica?

Ele: — Não! Vai, você, baby!

Eu: — Bem, eu não sou personagem, então sou uma mulher real. Eu sou estrangeira?

Ela: — Sim!

Eu: — Viva?

Ele: — Sim!

Eu: — Eu tenho mais de cinquenta anos?

Ela: — Sim!

Eu: — Eu sou das artes?

Ela: — Sim!

Eu: — Eu tenho mais de setenta anos?

Ele: — Caraca, vai adivinhar?

Ela: — Não, tô só acertando chute, mas nem faço ideia...

Ela: — Sim, mais de setenta anos.

Eu: — Eu sou europeia?

Ela: — Rá, não!

Ela: — Ahhhhh...

Ele: — Sou eu agora!

Uma vez li uma matéria onde uma mulher ativista social, toda engajada com meio ambiente, dizia que a gente deveria engravidar, sim. Porque durante anos fui atormentada pelo horror do mundo. Mas, depois que li essa mulher, relaxei. Ela dizia algo como: "O mundo vai queimar? Ah, então vou queimar com minha filha, desculpa". "*I'll burn with my baby*", ela dizia. Esqueci o nome dela, tenta buscar essa frase em inglês, eu agora não posso, se abrir outra aba aqui vou perder o fluxo. Ela me impactou muito. Ter filho sempre foi um ato egoísta. A não ser quando vivíamos em cavernas e não tínhamos capacidade de compreender que aquele líquido que saía do pau do homem era responsável pelo barrigão que a mulher ficava depois. Ali não era ato egoísta algum, era o que era. A gente era bicho, esquecem disso. Depois, com a chegada do pensamento, toda vez que alguém engravidava é claro que era um ato egoísta. O homem queria um herdeiro para ele. Para cuidar da riqueza dele. E mesmo os não ricos, mesmo nas classes operárias, queriam uma mão para o trabalho, para ajudar. Era mais uma boca pra comer, mas mais um braço pra capinar. Corpos femininos não tinham voto, eram usados e aniquilados conforme a vontade masculina. Que ódio dessa geração dizendo que engravidar agora é egoísmo. Sempre foi, sempre fomos. Agora que a mulher finalmente tem decisão sobre seu corpo (mentira, fico envergonhada de escrever isso, porque sabemos que ainda é mentira), não é lindo ela decidir ter um filho porque simplesmente quer? Eu simplesmente quero. Me odeiem.

Ele: — Bem, eu não sou idosa, mas sou uma mulher foda.

Ela (fazendo aspas com a mão): — “Mulher”...

Eu: — Para de dar dica!

Ele: — Como assim, não sou mulher?

Ela: — Até então sim, mas sei lá...

Ela: — Ahhhhh, quantas dicas, você não sabe brincar, sua doida!

Ele: — Eu sou uma pessoa trans?

Ela: — Tá vendo, mesmo dando dica as pessoas nunca conseguem adivinhar logo. Uma dica sempre é bem-vinda. Não pode dar muitas, mas umazinha é tranquilo. Não, você não é trans.

Ele: — Vocês me confundem... Vai, de quem é a vez?

Ela: — Eu sou um homem antigo, não sou bíblico, mas se você me conhece, devo ter sido muito famoso, certo? Tipo, estou na história do mundo?

Ele: — Claro!

Ela: — Por causa de guerra?

Ele: — Sim...

Ela: — Caraca, homem adora coisa de guerra, que loucura!

Ele: — Mas tem um dado importante sobre ele, que o tira do lugar normativo...

Eu: — Ele era gay?

Ele: — Ela que tem que perguntar... mas, sim, era gay!

Ela: — Gay de antigamente que fez guerra? Ahhhh, já sei! Alexandre, o grande! Uhul, campeã!

Tila: — Ah, mamãe campeã!

Ela: — Mamãe ganhou, filha! Agora vamos ver quem é prata e quem é bronze. Papai ou Mutti.

Eu: — Lembre-se de que te dei a dica de que ele era gay, hein! Me ajuda também!

Ele: — Vocês duas parem! Tila, fala para suas mães pararem de roubar porque roubar é feio.

Ela: — Tila, o papai tá doidão e não quer ficar com o bronze.

Tila: — Papai tá doidão?

Todo mundo gargalha muito nessa hora. A gente vai pegar fogo com ela, mas até lá vamos gargalhar muito.

Eu: — *Papa ist verrückt, wenn er denkt, dass wir geschummelt haben.*

Ele: — *Verrückt*? Doido?

Eu: — *Ja!*

Ele: — *Ich bin verrückt*!

Ele faz uma voz malucona e todo mundo gargalha nessa hora. A gente vai morrer, mas ainda vamos gargalhar um pouco sim, desculpa.

Eu: — Onde eu parei mesmo? Não sou europeia, tenho mais de setenta, faço arte...

Tila: — Mutti faz arte!

Tila agora quer participar mais, ele tenta abrir um novo livrinho para ela se concentrar nas texturinhas de vacas e cabras e a gente se concentrar na nossa brincadeira. Criança é o máximo, mas também é bom ter um intervalo pra brincar de coisa adulta. Todo mundo tem que brincar. E todo mundo quer.

Eu: — Eu sou brasileira?

Ele: — Não! Minha vez!

Ela: — Ai, detesto ganhar, porque paro de jogar.

Ele: — Shush! Eu sou uma mulher entre aspas, sou foda, não sou trans, tudo muito vago.

Ela: — Mas você perguntou coisas vagas mesmo.

Não sei em que momento pensei que isso daria certo. De cara, duvidei muito. Imagina, sou sapatão raiz, nunca nem tinha visto pau na vida. Mas eu a amei, e ela amava muito esse homem. Esse homem estranho, mas igual, mas estranho. Para ela gostar de alguém, tinha que ser alguém muito especial, e felizmente era. A gente já se odiou muito, a gente já olhou no olho e jurou que nunca mais, havia uma competição idiota no ar. E ela não soube lidar bem, jurava que sim, mas é muito sonhadora, brigava mandando poesia, no meio da briga falava pra gente dançar ou se olhar por cinco minutos direto. Ou então, no auge da briga, dizia que todo mundo tinha que fazer um ovo e a gente tinha que se imaginar dentro do ovo e dizer palavras um para o outro e depois quebrar a casca. Hilária e estranha. No início era bom, mas depois era maluquice pura. Talvez fuga. Ele sofreu muito, e eu sofria junto. Ela também, claro. Todo mundo sofreu o cu pra fora. Foi um horror. Estar aqui realmente parece um sonho. Porque eu não pensava, nem ele, talvez só ela. Teimosa, insana, sonhadora, talvez ela sempre soubesse. Mas acho que em algum momento ela perdeu as esperanças, porque começou a tomar remédio. Lembro que ela parou de chorar, e isso pra mim foi estranho, porque ela chorava todo dia. Ele comemorou, porque não aguentava mais “as lésbicas tristes”, como nos chamava de maneira carinhosa. Tínhamos muitos apelidos, a depender da fase. Ele era o “hétero roncador”, mas depois passamos para uma fase hilária onde olhávamos a pessoa por muito tempo no olho, nos aproximávamos bem perto do ouvido, como se fôssemos dizer algo muito importante ou uma fofoca apenas, e falávamos: “Eu te amava”. O verbo no passado mesmo, para a pessoa ficar: “Ahhhh, poxa, o que foi?”, mas isso virou corriqueiro, e esse drama foi ganhando tom de comédia. “Pega o sal pra mim? Eu te amava!” “Não esquece de comprar papel higiênico! Eu te amava.” Ríamos muito, talvez eu devesse falar agora: “Me dá uma dica do meu nome na testa? Eu te amava!”. Tenho certeza de que vamos rir. Eu não sei quando a disputa dissipou, quando o ciúme foi enjaulado, porém sempre vivo e batucando a caneca na grade, como quem lembra: “Estou aqui, e estou com fome”. Sei que, de repente, nossas presenças pareciam estar em harmonia. Por vezes dissonantes, como ele ama sublinhar. Em algum momento, o corpo feminino vai dando sinais de que, *OPA*, não consigo mais reproduzir essa sua porra aí num fetinho, desculpa. E olha que coisa: só quis agora. Se tivessem me falado que as ideias mudam, eu teria congelado, mas, na época que é o auge do congelamento, eu era ativista do Greenpeace, alucinada de bicicleta em Angola, completamente contrária à ideia de se colocar mais criança no mundo, imagine. Ninguém me avisou que o corpo da mulher sofre alucinações naturais. E pior: mulheres que nunca engravidaram têm mais chance de desenvolver câncer de útero ou ovário. Quase como se fosse a punição final: "Ah é, filha da puta, não me usou, então toma esse câncer aqui". Terrível demais. Quis tarde, ela também, mas ela nunca quis engravidar. Tem algo cármico aí, ela diz que, nessa vida, a linhagem das mulheres bonecas russas dentro-dentro-dentro termina com ela. "É uma missão", diz. Ela precisa encerrar alguma coisa. Morro de medo desses assuntos, ainda não estou tão abrasileirada, apesar de que já tive que fazer macumba, porque namorar com ela é ter que entender um pouco desse mundo. Ele é mais analisado, Freud é maior que Exu, mas respeita Exu e também já apelou para trabalhinhos espirituais. A devoção dele é à psicanálise pura. Eu gosto, mas tem uma hora que sou mais bicho mesmo. E não histérica. Sou bicho, porra. Ela é bicho também. E querer ter um bicho dentro de mim calhou de ser agora, pós-quarenta. E tem muita mulher feliz de não ser mãe. E de não querer ser mãe. E muitas felizes de dizer que se arrependem de ser mães. Corajosas. E superatacadas. Somos poucas afirmando: "Eu queria, mas sinto que é tarde". Há muitas tentantes de trinta e poucos, trinta e cinco mais. As de quarenta estão caladas, com medo de algum flagra pelo desejo tardio, com medo de se arrepender, com medo de perceber que, *OPA*, já era esse corpo. Para o mundo reprodutivo, esse corpo deu game over. Eu queria lembrar o momento exato em que, de repente, fez sentido tentar engravidar. Assumir que sou tentante. Somos tentantes. Nós três. Não foi de primeira, mas não demorou tanto. Foram tantas macumbas, promessas, reikis, garrafadas, que aconteceu. Foi um ato bonito, mas nem foi nosso melhor sexo. Isso é besteira também. Que toda a história de um ser humano desde a concepção tenha que ser linda e mágica. Porque a vida aqui fora nem vai ser assim o tempo todo. Ele morria de medo de nós duas fazermos aliança por sermos mulheres e ele ficar de fora, mal sabe ele (ou tomara que saiba sim) que dependemos muito de sua visão e opinião para praticamente quase todos os assuntos. Ele demora para ler e estudar, mas sabe detalhar qualquer fase da dentição, sabia o movimento exato para melhorar a cólica, aprendeu manobras importantes para quase tudo: engasgos, soluços, convulsões. Ela sabe algumas praticidades, claro, mas é do tipo que fica nervosa quando algo dá errado. O dedo de Tila prendeu numa cadeira de praia uma vez e, minha nossa, eu queria que ela não estivesse presente, porque só piorou tudo. Ele e eu que conseguimos melhorar a situação. Mais ele até, eu também tenho minha reatividade complicada. É meio milagroso estarmos dentro desse carro, com alguma sensação de paz. Não gosto nem de pensar muito, porque morro de medo do fim, esse carro não pode bater agora jamais, nunca, socorro, pelo amor das deusas.

Ele: — Eu sou da política?

Ela: — Nãããão...

Eu: — Gente, eu sou oriental?

Ela: — É!

Eu: — Japonesa?

Ela: — Sim!!! Vai!

Eu: — Eu sou a Yoko Ono, cacete!

Ele: — As lesbiquinhas campeãs!

Ela: — Rararararara! Vai, baby, você vai conseguir!

Eu: — Eu sou famosa?

Ela: — Não!

Ele: — Eu sou uma pessoa comum, então, que a gente conhece?

Eu: — Isso!

Quase uma música inteira toca. Mas é tão boa que nem o aceleramos para perguntar.

Ele: — Ahhh, já sei! Eu sou criança?

Ela e eu íamos confirmando. A brincadeira só acaba quando se fala o nome.

Ele: — Eu estou nesse carro? Eu sou nossa filha? Eu sou a Tila?

Gritamos SIM em uníssono, fizemos uma festinha e ele ficava falando para Tila: “Eu sou você, olha seu nome na minha testa”. Ela sem saber ler, mas ficou feliz e pegou o papel e ele tentava explicar a formação das letras, mas ainda faltavam mais uns três anos para algo daquilo fazer sentido. A não ser que nossa filha fosse gênia, o que eu sentia um pouco, mas em breve a escola destruiria essa possibilidade. Que pena.

Ele: — Amei ser nossa filha.

Ele parecia emocionado, mas disfarçava, eu estava querendo explodir de tanta felicidade, tudo estava tão bem, e enquanto ela dirigia fiquei com calor, foi a emoção da brincadeira, resolvi tirar o casaco, e eis que, dentro do bolso interno, acho um pacote de nozes. Não lembro desde quando. Rio sozinha e lembro dos esquilos que esquecem onde escondem. Lembrei também que outro dia li que: *“A noz é um fruto seco de casca rija, que se origina do ovário da nogueira-comum. Na botânica, os frutos secos de casca rija são aqueles em que a parede do ovário, ou parte dela, se torna muito dura na maturidade”.* Nunca tinha lido a palavra “ovário” para frutas. Me impressionei e me lembrei do meu ovário duro e maduro, que ainda assim originou essa monstrinha linda que agora canta e grita: “O papai sou eu, o papai sou eu!”. Perguntei se alguém queria nozes, e todo mundo quis.

PAUSA PARA FAZER XIXI:

Sempre tive medo de madeira. Desde criança. Outro dia, dormi num quarto cujo armário era de madeira e minha visão da cama era para o armário. Esqueci qualquer remédio que me ajudasse a dormir fora de casa, inclusive o CBD. Desesperador. Olhava para as portas do armário e me assombrava.

Lembrei da mesa de centro da minha mãe, o móvel BAR do meu pai. Tudo madeira. Sempre fui dada a deitar e contemplar. Não fui criança rápida que dança, gira, enlouquece fisicamente. Um pouco, apenas. Uma hora eu sempre queria deitar e ficar calada, olhando. Portanto, deitava embaixo da mesinha da sala e toda aquela madeira me amedrontava muito. Mas deitava. Apareciam olhos de monstros, demônios. E também animais menos assustadores: um cavalo, um macaco. No bar do meu pai, com certeza uma madeira era Jesus, mas não que isso fosse melhor. Morria de medo de Jesus. Tudo bem rezarem para ele, falarem dele, mas não queria que ele aparecesse pra mim, não. Ainda mais na madeira. Me borrava de medo. Jurava que as pessoas estavam presas na madeira. Se comunicando comigo. Era terrível como toda infância é quando não é maravilhosa. Tudo é muito na infância. A melhor comida do mundo! O melhor desenho do mundo! O melhor passeio do mundo! E também o pior dia da escola, o pior brinquedo que eu tinha. O conceito de "mais ou menos", ou "médio", só chega na adolescência mesmo, para desespero de pai&mãe. Dormir com a madeira era uma das piores noites do mundo.

Meus dias de plenitude e alucinação plena ocorriam: horas na piscina até as mãos ficarem enrugadíssimas, a água não formava nenhum rosto, pelo contrário, às vezes eu achava que tinha visto coisa, e logo a água desmanchava minha impressão. Eu não tinha medo da água. A água dissolvia minhas paranoias rapidamente e me convidava a sentir outro peso, outra dança corporal. Mas, de noite, eu sabia o que me esperava: um quarto com armário de madeira. A madeira era firme e nunca mudava. O rosto de Jesus ali no alto, os monstros aqui embaixo, o cavalo ficava no meio do armário. De tanto olhar, às vezes eu jurava que eles se mexiam. Mas depois confirmava que não, já entendendo que algumas fantasias eram invenções da minha cabeça. Meu pai incorporar Exu e um Preto Velho era real. No início, eu ria porque era tão engraçado (hoje em dia eu choro porque é tão bonito). Minha mãe parecer uma senhora indígena enquanto faz reiki em mim (uma vez, abri o olho rapidamente, e minha mãe tinha se transformado numa velhinha indígena) também era real. Embora uma ex-analista tenha dito que eu tive um delírio místico. Delírio místico eu tive olhando pra madeira e imaginando coisas. Pai incorporar e mãe também, não foi delírio, não. Foi real pra dedéu. A gente é criança, mas a gente lembra. Adoram dizer que criança inventa. Talvez a gente aumente. E, em alguns casos, talvez a gente diminua, que triste. Numa dessas, se valem disso e dizem: "Não, não fiz nada disso com você", que horror. Não sinto a menor saudade de dormir olhando para as madeiras. O que sinto saudade mesmo é de quando eu tinha uma certa idade e acreditava no seguinte: já que tinha onça no Brasil, girafas no Quênia, cangurus na Austrália, claro que tinha dragão na China! Isso durou um tempo. E quando descobri que não, acho que com sete anos, fiquei decepcionadíssima com a República Popular da China.

7 / SER QUEM NÃO SE É[1]

As grandes cidades são favoráveis à distração que chamamos de deriva. A deriva é uma técnica do andar sem rumo. Ela se mistura à influência do cenário. Todas as casas são belas. A arquitetura deve se tornar apaixonante. (...) A valorização dos lazeres não é uma brincadeira. Nós insistimos em que é preciso se inventar novos jogos.

Guy Debord e Jacques Fillon

1. *Los Angeles – Meier*, texto original publicado em 2014 no livro *Manual literário para amar os homens – ou não* e mexido em 2024.

Não tem tanto tempo, mas tem. Se você quisesse alugar um apartamento ou comprar uma casa, você tinha que ler os classificados. Era uma parte do jornal onde o anunciante tentava resumir as características do local, metia uns adjetivos, tacava o preço e você decidia se queria visitar. Negócio de ver fotos veio depois. As pessoas precisavam ter poder de síntese e saber meter uns adjetivos legais para seduzir as pessoas a terem interesse. Sou ridícula e sinto saudade dessa época. Agora consigo visitar todas as mansões à venda no Rio de Janeiro apenas por fotos e vídeos. Mas que adjetivo essa casa merece? Essa cozinha é magnânima ou deslumbrante? A planta dessa cobertura é inigualável ou esplêndida? Jamais saberei. Sei a cor do azulejo, mas não é isso que eu queria, queria saber qual atributo lhe deram. Não sei mais como as pessoas escrevem. Só quem realmente escreve. Mas aí eu já sei. Me interesso pela literatura dos que não precisam escrever. Quando necessário, surge sempre uma pérola, sinto. Não sei quando começou a mania de escrever "quadríssima" quando o imóvel à venda ou a ser alugado era na quadra da praia. Eu morria de rir. A quadríssima sempre foi impossível para mim. E muitos anúncios já apelavam e colocavam logo de cara: "Quadríssima! Dois quartos, uma suíte blá-blá-blá". Essa palavra de cara separava os pobres dos ricos. Me separava. Mas como eu era uma besta sonhadora, comecei a brincar de ser quem eu não era. Isso rendeu um tempo da minha vida. Tinha jurado para mim mesma que aquela seria a última vez. A última casa que veria, desejaria, sonharia e não compraria. Já estava nessa fissura havia uns sete meses, os corretores enlouqueciam com as minhas recusas, mas não me abandonavam, sabiam da possibilidade mágica de uma baita comissão caso eu me decidisse. O que eles não sabiam é que eu morava no quarto de empregada da casa de uma tia-avó no Méier e estava com cento e setenta e cinco reais negativos na conta.

Um dia liguei para um corretor, interessada em ver uma mansão no Alto da Boa Vista. Era uma mansão onde eu sempre passava em frente quando ia à praia, em pé, no ônibus. Um troço meio castelo, e eu, dada ao romance, logo me vislumbrava bonita, com mais de quarenta e sete vestidos ao meu dispor e ótimas opções de cinco refeições por dia. E obviamente um homem bem bonito e inteligente para chamar de meu marido. Numa das idas à praia, eu não aguentei ler o VENDE-SE de novo e, pensando haver um deus bom e justo, liguei para o corretor para perguntar quanto. Nunca-se-sabe é uma frase que minha tia-avó usa muito. Do meu quartinho eu sempre respondo que é-verdade-tia. O corretor me disse o preço, eu quase golfei na pior curva do Alto, mas é porque nasci numa cidade muito horrenda e suja onde estou acostumada a passar em cima de boi aberto e continuar andando com jeito e graça, que é para os rapazinhos perceberem que minha voz nem tremeu ao som dos milhões. Marquei uma visita para conhecer a mansão. A mansão-síssima. Minha altura me valia de alguma elegância, embora os dentes tortos denunciassem a falta de dentista a vida toda. Eu seria uma executiva que ri pouco. Colocaria meu único terninho, lembrança de meu avô, que me deixava com ar masculino, mas intrigante. Meus cabelos todos para trás, sou jeca mas sou ligada, e essas moças com franja na rua, dezenas delas não passam força alguma, só se escondem, e possuem esse ar de mistério tolo, mistério igual. Eu chegaria com a cara exposta, lambida para trás, batom forte combinando com esmalte, salto leve para não tropeçar ou rebolar. Avisei na papelaria onde trabalho que chegaria um pouco atrasada na quinta-feira. Titia nem quis saber, há muito não se conecta comigo ou com nada. E lá fui eu, de ônibus, não visitaria uma quadríssima, mas era uma mansão no Alto da Boa Vista, eu estava radiante. Taí boa palavra para colocar nos classificados: casa radiante. Eu ficaria instigada a conhecer uma casa radiante. Cheguei bem antes para não ser percebida ao chegar. O cheiro já era outro. Era verde. O corretor logo chegou. Fomos conversando burocraticamente. Foi estranho, mas eu gostava, fui tendo prazer ao mentir. Casa em Búzios, casa em Angra, meu marido trabalha muito, estamos tentando ter filhos, por isso a mansão, claro, claro, essa área já foi perigosa, mas melhorou muito, em Nova York rola muito isso, claro, claro. Me ouvia e fazia sentido. Aquilo só não era verdade porque eu não tinha dinheiro, mas esse era um detalhe tão pequeno para mim que não me senti mal ao mentir. Subimos uma pequena rampa, pois-é-meu-carro-está-no-conserto, e de repente a entrada da casa surge majestosamente. O local estava vazio havia meses, mas nem o mau cheiro atrapalhou minha epifania em deslumbrar e-se-tudo-aquilo-fosse-meu. Não era delírio de furto, roubo, era demência arquitetônica, era prazer estético, a inédita sensação de uma pobre mortal entrando numa mansão pela primeira vez. Meu corpo era excitação, inveja, prazer da sorte, horror, alegria. Eu não sabia se dava saltinhos ou se me matava logo.

Tive um namorado a vida toda. Lá na minha cidade, Treze Mil Léguas, era comum namorar cedo. Jefferson era filho de fazendeiro e, apesar de simpático, era muito voltado às questões animalescas. Quando eu tentava falar sobre um livro, ele logo me cortava dizendo que alguma galinha tinha fugido. Os prazeres da carne não compensavam minha vontade de ser mais gente que galinha ou vaca, e vim parar no Rio. Tia Maurícia me deixou ficar no quartinho, é encalacrante, mas pelo menos tenho um banheiro dentro. Dividir o banheiro com tia Maurícia e tio Patrício seria muito ruim para minha juventude. Desde que cheguei ao Rio, não namorei. Os rapazes perguntam coisas sem sentido, como o-que-você-faz-da-vida, e o que eu faço não diz absolutamente nada sobre mim, de modo que fico preguiçosa para encontros idiotas. Prefiro sonhar acordada com apartamentos impossíveis de adjetivos provocantes do que olhar para algum hétero arrogante tentando se mostrar.

Obviamente não comprei a mansão, disse que queria ver mais opções, de repente alguma na Urca, afinal o Alto era um pouco afastado do trabalho imaginário de meu marido mais imaginário ainda. A Urca era *íssima* para mim, amava aquele trecho. O corretor concordou, selecionou algumas casas pelo bairro e lá fui eu, agora com roupa mais simples, pois-é-acabei-de-sair-da-academia, e dessa vez as casas tinham móveis e uma empregada de uniforme para mostrar os cômodos. Eu salivava como cobra em frente à presa, eu sentia a calcinha molhar. Não ter uma casa e poder entrar na dos outros era muito comovente, e os porta-retratos indicando decadência ou riqueza me faziam ser uma prima distante, eu entendia tudo já na sala. Nessa-casa-acabaram-de-se-separar, nessa-casa-o-único-filho-foi-morar-fora, nessa-casa-o-avô-doente-vai-ter-que-voltar-a-viver-com-eles. Ninguém me avisava nada, eu sacava, era uma espécie de parente oculta, parente mística. A falta de amor, fosse em forma de homem ou em forma de emprego, me fazia delirar. Me apaixonei por alguns homens nos porta-retratos. Uma vez a empregada ousou pronunciar o nome do dono da casa, para minha grande agonia: Miguel! Escrevia Miguel a tarde inteira na papelaria, formava Miguel com o meu nome, unidos pelo &. Eu às vezes perguntava para o corretor ou corretora na mensagem de celular, antes da visita: "Como você diria que é a luminosidade da sala?". A maioria dizia que a visita seria incrível (adjetivo que não amo tanto), mas eu pedia, eu precisava de uma palavra. "É uma luminosidade bem clara, senhora." As mensagens chegavam simples, muitas vezes. Mas às vezes alguém me surpreendia e viver valia a pena de novo: "Nada de obscurantismo, a sala é puro resplendor". Eu vibrava e confirmava a visita.

Nessa fase, já tinha visitado mais de quinze casas. Traí meu corretor, obviamente. Eu tinha agora seis corretores da cidade sabendo que a mulher de um grande empresário do ramo do azeite queria comprar uma mansão, mas que não se decidia. Deveria parar em breve, pois ou eles perceberiam ou eu enlouqueceria. Meu cérebro já não suportava guardar tantas imagens novas. Para dar espaço a tanto novo amor, aquela-cabeceira-da-casa-dezessete, aquele-relógio-de-parede-da-mansão-do-Leme, aquele-jardim-erguido-da-casa-na-Gávea, eu estava esquecendo coisas básicas como comer, tomar banho – fui advertida na papelaria por um colega. Eu precisava dar um fim naquilo e aceitar meus quatro metros quadrados de vida e batalhar por mais alguns no futuro.

Foi aí que, na última casa que fui ver, o corretor avisou que outra pessoa interessada também veria a casa comigo. Fiquei corada, temi ser flagrada em alguma ignorância do mundo dos ricos. Ainda não tinha pensado na marca do azeite, não sabia nomes de condomínios em Angra, o corretor pediu desculpas, sabia do desconforto, uma possível disputa caso os dois se interessassem, mas era um caso de vida ou morte, a pessoa tinha compromisso em outra cidade. Quando o homem chegou, foi um frêmito, pensei: *Pronto!*, que é o que geralmente penso cinco segundos antes de uma cena romântica na televisão. Para meu espanto, ao chegar, o rapaz disse: "Pronto!". Sorri, ajeitei meu chapéu emprestado da dona da papelaria, pensando se tratar de uma sessão de fotos para uma amiga que estuda fotografia, me senti bonita, jovem e rica, apertei sua mão e disse, firme:

— Rosângela.

Ao que ele perguntou:

— Los Angeles?

O corretor se meteu no esquete de horrores que iríamos iniciar e disse que meu nome era Rosângela. Ele riu um pouco e avisou que era Gilberto. Entramos juntos na casa. Dessa vez era a própria dona da casa contando a vida: Flavinho--cresceu-nesse-quarto, o-bom-é-ter-um-labrador--porque-só-late-quando-necessário, até que de repente pintou uma pergunta coletiva, como se fôssemos um casal, minhas pernas se espagueteararam e eu senti que ele também engasgou, parecíamos ter seis anos e a tia do colégio disse em voz alta que gostávamos um do outro para a sala toda. Gilberto encavalheirou-se e disse que não éramos casados, o corretor explicou com mais detalhes para a proprietária, e Gilberto e eu adentramos um corredor. Gilberto tinha o olho preto como de um tubarão, fiquei vidrada; ao contrário do fascínio banal com olhos claros, eu sempre soube que amaria um homem de bolota preta. Olhando para os cômodos, me via fazendo sexo com Gilberto em todos eles. De propósito, esbarrei minha mão no seu braço, para testar o que eu sentia. Bateu bem. Era uma pele seca, mas eu logo o ensinaria a passar um hidratante. Ele reclamaria a princípio, mas eu o convenceria das benesses cutâneas.

Fingindo ter interesse nas casas que ele já havia visto mas não tinha se interessado, nunca-se-sabe, pedi seu email. Eu não fazia ideia do que escrever. Contar logo a verdade me parecia impossível, ele me acharia uma impostora e jamais saberia da minha eloquência, da minha boa visão à noite, da firmeza da minha pele. Era preciso agir como num filme norte-americano adolescente da década de 1980. Era uma aposta, eu comigo mesma. Consigo fazer com que esse cara goste de mim, mesmo não sendo milionária. Estava tão sem objetivos na vida que esse me pareceu nobre, mesmo não havendo empresa de azeite ou casas de praia. Eu delirava forte. Eu delirava gostoso, tadinha. A troca de emails fluiu rápida e divertida. Eu assinei "Los Angeles", e isso foi logo criando um hábito cômico nas nossas conversas. Gilberto realmente me passou o link das mansões que havia visitado, muitas delas eu já conhecia, trocávamos informações sobre o estado do piso, a decadência da pintura e, depois do oitavo email, ele me chamou para jantar. Tremi e aceitei. Eu conseguiria. Seria linda, esperta, rápida, mas contemplativa, iria com uma blusa elegante, mas com leve decote para que meus dentes tortos não ficassem muito em evidência. Eu conseguiria. Gilberto marcou num restaurante nada chique, um clima meio boteco, mas com famosos pastéis. Achei graça, e ele disse que não gostava de comida metidinha, que gostava mesmo é de um bom arroz com feijão. Tudo isso me aliviava e me deixava perto da coragem de dizer que eu era puramente arroz com feijão. Desenhamos na toalha de papel da mesa, brincamos de forca, jogo da velha, eu gostei da letra dele, ele disse ter gostado da minha. Me contou seu signo, um signo difícil, um antes do meu. *Meu inferno astral*, pensei. Uma pequena luta, um grande aprendizado. Em momento algum comentamos sobre nossos empregos. Eu não sabia nem o que ele fazia da vida. Era rico e ponto. Depois do décimo chope, eu estava confiante para dizer a verdade. Sentia que ele já gostava de mim e poderia ser compreensivo com minha história mirabolante. Segurei sua mão na mesa, ele corou, foi bem bonitinha essa hora, jamais esquecerei essa cena. Eis um homem bonito, curioso, inteligente, prestes a mudar minha vida. Para o bem ou para o mal. Volto para casa com beijos na boca e roçadinhas no meu currículo ou tremenda choradeira e tristeza infinita. É agora, coração.

— Gilberto, eu...

Travei. Não sabia se dizia "não sou milionária" ou "não quero comprar mansão alguma". Esses fatos realmente me pareciam pequenos perto de tudo que estava acontecendo ali.

— Rosângela — ele apertou forte minha mão, senti um leve suor, meu olho encontrou o dele —, eu também não.

O olho dele se arregalou, e acho que fui imitando seus gestos faciais, eu era ele. Sua devota, seu espelho, sua péla-saco. Gargalhamos tão alto que o garçom pediu para nos contermos. Mas era impossível. Quais as chances? Gilberto, como eu, também era pobre, fodido e amava ver mansões por dentro. Quando contou que era meu vizinho no Méier, quase tive uma síncope de tanto riso. Não havia decepção em deixar de pensar: *Esse homem vai me salvar da mediocridade, me levar para jantar em Paris*. Primeiramente eu pensava isso. Agora, contando as moedas para dividirmos a conta do boteco, ficava feliz em pensar: *Esse homem vai de ônibus comigo para casa, vamos sacolejar juntos, talvez ele me agarre, o trocador vai ficar de olho, vai ser engraçado.*

Dois mentirosos voltando para casa. Nenhum decepcionado com o outro. Dois flagras naturais e esquisitos. Um dia nos casaremos e vamos contar essa história no microfone. Um dia vão nos estudar ou nos entrevistar para um programa de tv a cabo. Um dia nossos filhos vão perguntar como nos conhecemos.

— Rosângela, só preciso te contar mais uma coisa.

Gelei. O que poderia ser pior que a pobreza e a mentira? Impotente? Casado?

— Sou figurante de novela.

Saltei do ônibus imaginário em que já nos via. Larguei sua mão na mesa e resolvi ir embora sozinha. Com mentiroso e pobre eu poderia lidar para o resto da vida, mas figurante de novela paralisou meu crânio.

Há mais de três semanas que não nos falamos. Gilberto me liga, me manda email, tenta entender. Na caixa de rascunhos, tento explicar: "Sou muito ciumenta e viciada em novelas. Seria muito difícil acompanhar as cenas, tendo que lidar com você ao canto, com alguma sirigaita de papinho furado. Para evitar um rompimento doloroso, te abandono agora, antes, sem saber como você acorda, e desejar isso para sempre". Nunca mandei. Continuo na papelaria. Parei de visitar mansões. Ainda deito na cama pensando em Gilberto. Dei para dizer que meu nome é Los Angeles para os rapazes que me sondam. Fogem, eu prefiro. Um dia, Gilberto, um dia, uma mansão sem figurantes para o nosso amor. Um dia, Gilberto, um dia. Na nossa quadríssima.

PAUSA PARA BEBER ALGUMA COISA:

em todos os lugares a que vou, adoro lembrar: aqui era a locadora. pode ser no meu ex-bairro, na vizinhança da minha avó, na cidade que eu visito desde criança. "aqui era a locadora!", rola um entusiasmo com essa lembrança. e agora é uma padaria, uma drogaria, um supermercado. enquanto escolho tomates, ou fico na dúvida entre novalgina ou advil, lembro, lembro muito: sair da escola, entrar naquele espaço cheio de imagens e títulos que, meses ou anos antes, estavam numa tela enorme no cinema. também repito muito: aqui era o cinema. e agora é uma igreja evangélica. mas por mais que o cinema fosse mágico, quero falar da locadora mesmo. que era terrestre, possível, próxima.

eu bem percebia que as pessoas que trabalhavam na locadora eram um pouco mais simpáticas que as pessoas que trabalhavam no banco. eu ainda não ia ao banco, só com minha mãe, mas como eu já era enorme, não podia ficar girando na fila que nem o menino de cinco anos. bem que queria. mas já não podia. adolescência é um inferno porque é o luto da infância. foi renato noguera que disse, e eu nunca esqueci. pelo menos teve música. mas isso era amor solitário, constante, simbiose alucinada. depois teve o cinema. mas quando eu era viva e apta a frequentá-lo, os grandes clássicos já tinham sido feitos, e lá ia eu, bater um papo com as pessoas agradáveis da locadora. "leva 'touro indomável' hoje!" ***are you talking to me?*** que absurdo. me apaixonava. por gente viva, só que hoje em dia velha. também por gente morta, no céu ou no inferno, não sei ao certo. "a malvada", "a falecida", "crepúsculo dos deuses", eu imaginava minha vida em preto e branco e não-colorida-final-da-década--de-1990, bullying, caos e inadequação. acho até que sonhava em pb algumas noites.

a sessão pornô me intrigava, mas não a ponto de burlar regras e entrar na partezinha. eu tinha mais o que fazer e sabia que, para o resto da minha vida, sexo faria parte dela. enquanto eu pudesse não fazer, não faria. mas foi numa locadora que vi a capa de "perdas e danos" e me estatelei. juliette binoche e jeremy irons num encaixe singular, tapando os olhos um do outro. quando aluguei esse, juro, parecia que eu tinha ido na salinha pornográfica. aluguei meio que tremendo e meio que escondendo a fita. fiquei com minivergonha dos meus "amigos" que trabalhavam lá, mas eu já estava alta demais para fingir o que era de verdade: virgem.

"pessoas machucadas são perigosas. elas sabem que podem sobreviver." binoche diz para irons lá pelas tantas no filme. ***"damaged people are dangerous. they know they can survive."*** e eu meio que acatei. tomei pra mim. sabia que sofreria mas sabia que sobreviveria. tinha noção exata de que iria me machucar mas resistiria. eu era nova mas pensei “acho que sou dessas”. e não é que virei? que perigo.

8 / QUALQUER JOGO

When I came home, I expected a surprise and there was no surprise for me. So, of course, I was surprised.

Ludwig Wittgenstein

Mania escrota do Gustavo de ficar dando susto! Que ódio! Se eu tivesse grávida, perdia

HAHAHA! Que horror, não fala isso. Menina, eu meio que amo tomar susto, sabia? Acho que é porque eu tenho pressão baixa, aí me sinto um pouco mais vivo, sei lá eu

Cruzes, detesto tomar susto, sempre acho que eu perco um órgão 😶 Cara, falando em órgão, outro dia fiquei pirando porque a gente não come pulmão

Caraca, verdade. Até pé de galinha comem... mas pulmão eu nunca comi mesmo. E nem sei de quem já tenha comido...

E olha que brasileiro aproveita tudo dos bichos, mas acho que pulmão ou estraga rápido ou não é gostoso

De repente não faz bem 🤔

E linguiça faz bem, criatura?

Verdade, linguiça faz malzão, e a gente super come. Você não vai sair hoje?

Não, por isso tô te enchendo de mensagem 🖤😱

Tudo bem, tá uma chuva escrotésima nesse país bizarro

Aqui nem tem chuva, mas não vou te dizer
pra voltar. Você sempre pode voltar. Você
sabe disso. De repente tem algo aí agora
pra você realizar... 🔮

Ai, não começa. Baixou uma visão?

Não, amigo, falo de coração.
Nem fumei nem bebi

Meu deus, por isso essa chuva!

Cala a boca, garoto! Daqui a pouco vou
servir uma tacinha. A gente podia jogar
algo online, né? Ia ser tudo pra essa noite

Mas tô com preguiça de abrir vídeo,
zoom... Por incrível que pareça, prefiro
digitar, tô chapado. Nem áudio eu quero,
que perigo eu hoje 😶

Também amo digitar, você sabe... Ainda
mais Gustavo aqui do lado estudando, me
pedindo silêncio no nosso palácio El Kitnet

Ahhh... Como vai esse cubículo amado?
É incrível vocês ainda se amarem!

Eu também me choco, mas a gente se odeia um pouco e tudo bem. Casamento é culpa do capitalismo, né, bicha?

Nossa, e outro dia que eu transei com um irlandês e pedi pra ele me chamar de BICHA? Ele demorou tanto a aprender a pronunciar que meu pau quase broxou

HAHAHA! 😂 Não creio! Que fantasia engraçada essa... Ser chamada pelo que você é, no sexo. Pra mim ia ser tão sem graça: Vou te comer, sua hétero!

Hahahaha! Amiga, você não é hétero, quem é hétero?

Ah, uma galera!

Só na sua cabeça, queridinha! 💅

Vocês gays adoram achar que todo mundo é meio gay.

Vai ler Kinsey! 💅

Eu vi o filme, tá de boa, já. Mas calma, foco! Vamos brincar de algo!

Sim, você acha que tem espaço aí no cubículo pra brincar com Gustavo do lado?

Ele tá de fone, vamos ver. Nossa, outro dia a gente viu um documentário SURREAL que me fez agradecer muito nosso cubículo.

Qual?

Galapago's Affair

Nunca ouvi!

Amigo do céu! Simplesmente, em 1929, um doidão alemão viciado em Nietzsche fala assim pra mulher: Bora sair daqui, bora viver longe das regras da sociedade. Aí a mulher, outra doidona, topa. E aí escolhem Galápagos

Por causa do Darwin?

Talvez, né? Porque antes dele, quem sabia desse lugar em 1929, mizifi? E aí, sei lá quantas ilhas tem, mas tem uma hora que eles chegam num povoado que tem três ilhas, uma bem povoada, tem correio, restaurante, sei lá. Outra com mais locais, pescadores e uma sem ninguém

Claro que eles escolhem a sem ninguém!

Claro que eles escolhem a sem ninguém, e aí, garoto, eu não consigo esquecer Cate Blanchett narrando, é ela que narra, com aquela voz absurda de linda, tem outros atores também, mas é que ela, meu Deus...

Termina a história, hétero!

Foi mal, simplesmente eles chegam nessa ilha sem ninguém, um barco deixa eles lá, e aí eles procuram umas pedras, cavernas, algo pra ser a primeira casa, né? E aí a esposa, que nem devia ser doida, só submissa ao marido doidão, conta como foi a primeira noite, varrendo a caverna. Nossa, nunca amei tanto meu Kitnet. Imagina, gente. Ir morar na caverna. É Darwin invertido.

Mas eu não aguento mais morar em cidade grande, estou juntando todos meus dinheiros possíveis e não possíveis pra comprar terreno aí no Brasil e viver de galinha, ovo, plantação...

Mas e as noitadas? E pegar alguma bicha?

Você tá por fora da comunidade rural gay.

Nossa, tô mesmo. Gay me parece algo tão urbano!

Hahaha, que idiota!

Mas ó, vê esse documentário, rolam
imagens absurdas, nem parecem reais,
tudo muito curioso. Macabro, também.

Anotei aqui, juro que vou ver. Eu vejo as
coisas que você me indica, já o contrário...

Desculpa, eu sei que eu peco nisso. Mas por aqui
dividimos a casa e a televisão, é complicado.

Zuzu bem, doida, o que você quer jogar?
Tudo menos UNO ONLINE! Hahaha! SOS!

Uno online? Existe isso?

Existe, às vezes jogo com minha afilhada brasileira

Como tá essa criatura?

Ah, cara, enorme e estranha. As crianças
não são mais crianças. 10 já é pré-adolês.
Insuportável. Tem gosto apurado afff. Sabe
de nada!

A gente era muito mais experimental, né?
Um ano eu era hippie, outro ano eu era
gótica, depois fui fase indígena, depois
fase esportiva, depois outra fase, até me
achar! E nem sei se me achei hahaha

Pois é! Essas criaturas mínimas não sabem
nada de nada, e com dez anos já querem
ser miniadultos, coitadas. Mal sabem que
ser adulto é horrível

Terrível. Tenho odiado cada vez mais.

Nossa, eu também.
Mas parei de tomar o remédio!

Por quê?

Não conseguia gozar. A vida já é horrível,
ser adulto é péssimo. E sem gozar?
Ah, não, se fudê

Entendo completamente, amigo. Mas o
que você fez com a angústia?

Comecei a correr. E continuo angustiado.
Mas gozando de vez em quando.

Tá certíssimo! Melhor angustiado e
gozando do que plácido e brocha.

Eu não falei que eu tava brocha, doida!
Falei que eu não gozava!

Ah, desculpa, live and let die. Será que a
gente joga algum videogame das antigas,
mesmo?

Tipo o quê? Sonic? Mario?

Pode ser, qualquer coisa que não tenha
guerra. Não aguento mais nada de guerra.

Porra, finalmente! Quem te viu, quem te vê!

Sim, foi mal, mas agora tô de autos!

Que fase insuportável você, militante ao
cubo afff

Mas é que eu precisei!

Mas, porra, vendo documentário sobre a
Iugoslávia, cara! Ah não, sabe?

Parei, parei. Agora quero uns anos de
alienação

Percebeu que nada vai mudar?

Infelizmente, sim. A luta atual é por manutenção, não por mudanças. O que é assustador. Quando a luta era por mudanças, era mais emocionante. Mas tá todo mundo brocha e tomando remédio, fica difícil engajar alguma tentativa de transformação assim... foda

A gente tá parecendo criança que se chamava pra brincar mas ficava hoooras arrumando os brinquedos e não brincava nunca, só arrumava

HAHAHA! Totalmente, eu era um pouco assim. Ficava horas arrumando a minha casinha em miniatura. Os pratinhos em miniatura, a caminha, as coisinhas. Aí, quando a casa tava finamente arrumada, eu ia fazer outra coisa hahaha que horror!

Parece que isso é traço de gente inteligente

Gente neurótica também, né, amigo? Não relaxei, acho.

Acho que relaxou tanto que fez o que queria, não brincou como se deve brincar.

Tomara que eu tenha relaxado, viu?

Nem te contei, você acredita que outro dia aquela minha ex-amiga Ava me mandou umas mensagens muito aleatórias?

Não comentou não...

Eu não falo com a filha da puta desde 2015, sei lá, e ela me mandou umas mensagens estranhas, chegou a me chamar de "mongo" só porque eu fiquei doente em Dublin e não chamei ela pra me ajudar.

Caraca, te chamou de "mongo"?

Sim, do nada. Além de errada, completamente forçando uma intimidade que já foi perdida, fiquei com nojo. Fico chocado com quem não percebe que a intimidade que um dia tivemos já era. Já foi. Não me trate como queridinho não, nem use apelidos, nada, porra nenhuma. Me trate cordialmente, caralho

Ela nunca foi um ser humano legal, né? Ela e aquela amiga mais ridícula ainda que chama as amigas de musas

HAHAHAHA! Não sei quem é pior ali. Imagina você ser minha amiga e me chamar de muso. Nossa, eu te matava!

Ai, muso, estou com uma saudade de você hoje...

Que nojo, para! Nunca mais me chama assim, te dou mil reais

Nossa, mil pratas me cairiam muito bem agora. Amigo, você acha que você está num bom lugar com a sua cabeça?

Olha, eu diria que agora sim. Mas ontem, por exemplo, não. Ontem eu juro que pensei "se o trem explodisse, tudo bem"

Que merda pensar isso, mas eu também penso uma vez por semana. "Tudo bem se tudo acabasse agora." Você acha que todo mundo pensa isso?

Acho que sim. Mesmo quem diz que não pensa, nem faz ideia, mas com certeza pensa.

Já sei!!! E se a gente brincasse de adedanha com nomes de pessoas famosas? Você joga um número aí na sua

mão, me fala, eu jogo daqui, a gente conta
as letras do alfabeto e sai falando...

Ah não, você ganha sempre essa merda,
porque daqui a pouco começa a soltar
Bruninho do Vôlei, Fulano do Basquete

Ah, valeu, até parece que você não manda
bem com os nomes de filósofos e também
me esculacha

Mas é que com H realmente me pareceu
fácil pensar em Heráclito, Hegel, Hobbes,
Hume, Heidegger

E eu me achando com Hebe Camargo e
Hugh Jackman, que vergonha!

Hahaha! Eu te amo por isso também

Eu te amo mais e morro de saudades.

Ai, quando você põe ponto-final aqui no
WhatsApp, eu morro de medo 😱

Pq?

Não sei, fica um tom sério, grave. (Viu? Eu
pontuei aqui e não fica mais sério?)

Verdade, não tinha reparado, que loucura. Eu mesma não sei por que pontuei… Que louca, não vai imaginar besteira!

Agora já era: será que essa é a nossa última conversa? Ai, amiga, é terrível pensar que um dia teremos uma última conversa

Você vai me enterrar ou eu que vou te?

Talvez eu te enterre, porque a vida aqui pra cima é um pouco melhor

Mas do que adianta não ter sol nem praia?

A gente tem praia!

Você entendeu o que eu quis dizer!

Outro dia entrei em estado crítico quando pensei na última vez que minha mãe me carregou no colo

Caramba, teve essa última vez, né?

Teve, e depois deve ter rolado uma dor que só bateu outro dia, que idiota que a gente é

Nada, a gente é lindo. Adoro brincar com você, amigo.

A gente nem brincou, doida.

Tu que pensasss!

Tava lendo uma entrevista que a Clarice fez com o Neruda e tem uma coisa que eu achei a sua cara!

Me contaaa!

Ah, ela tá lá toda profundona, toda, toda lispectorando, perguntando qual foi a maior alegria que ele já teve por ser escritor, não sei quê

Seeei

E, do nada, ela fala: "Diga alguma coisa que me surpreenda".

Ai, meudeus! O que ele respondeu? Fiquei até com o sovaco molhado! CONTA!

Ele responde "748". E ela ainda acrescenta uma nota depois da resposta dele, algo como: "E eu realmente me

surpreendi, não esperava uma harmonia
de números".

Que maravilha do mundo. Diga alguma coisa surpreendente... SETE QUATRO OITO! É de se surpreender, mesmo. Foda.

Amiga, 748 pra você, o fuso aqui é outro,
bateu uma lombra

Amigo, 748 forever! Outro dia a gente brinca direito

Esquerdo também!

Quê?

É que vc falou: "a gente brinca DIREITO".

Ahhh sim hahahaha! Besteeeira

Sempre! 748, câmbio, desligo!

ÚLTIMA PAUSA ANTES DE ACABAR LOGO COM ISSO:

Outro dia tive uma ideia, mas não sei se de performance ou de reality. Chamaria "VEM SER EU". Deve estar gramaticalmente errado, mas eu gosto assim. Eu chamaria uma pessoa pra se passar por mim. A pessoa teria que realmente fazer tudo o que eu faço num dia. E, mesmo que as pessoas estranhassem (meu dentista ou o professor de pilates), ela teria que ir até o fim, jurando que ela sou eu. Ela teria que dormir na minha cama, se deitar com quem eu me deito. Ter discussões sobre o amor, sobre o futuro, cozinhar, se secar com minha toalha. Eu chamaria gente estranha, mas também gente que amo. Eu amaria os relatórios depois. Talvez eu goste mais da vida depois desses relatórios. A verdade é que tive essa ideia, mas tô louca pra outra pessoa ter também e me mandar um VEM SER EU, e eu ir lá ser a outra pessoa.

9 / ORÁCULO

Se não houver recompensa após a vida, então o mundo é apenas uma brincadeira cruel.

Sherlock Holmes

Dei poucos escândalos. Talvez por causa do meu coração fracote, mas pensei nisso agora. "Como dei poucos escândalos..." Talvez porque me conheça muito. Quem não se conhece precisa de um escarcéu pra sentir as veias, as artérias, o pulso. Eu me conheço um bocadinho: sou felina e heroína. Sei que estou na contramão do não binarismo, mas essas duas categorias me guiam na vida. Se a pessoa é canina ou felina. Ou se a pessoa é gênio ou herói. Não posso te explicar muito como funciona, nosso instinto mais antigo sente. Dropo exemplos pra ver se bate: Caetano Veloso? Herói. Gilberto Gil? Gênio. Sacou? Gal Costa, gênia! Maria Bethânia, heroína! Manjou? John Lennon completamente herói. Paul McCartney totalmente gênio. Entendeu um pouco? Eu sou puramente heroína, embora tenha me esforçado um bocado de tempo para ser genial. Me frustrei e percebi que, mesmo avançando em alguns assuntos, eu não brilharia pela minha genialidade. Mas eu poderia salvar as pessoas. Não sei como, mas sinto que conseguiria. Muita gente gênia se atrai pelo tipo herói. E o contrário, idem. Tem que ter aquele balanço, diga lá. A Lei de Coulomb diz que: "A força entre dois corpos será atrativa se os mesmos tiverem cargas opostas e será repulsiva se eles possuírem carga de mesmo sinal". O famoso "os opostos se atraem". Nem sei quem foi Coulomb, mas o bicho captou alguma verdade. Claro que antes desse francês aí, o oriente já manjava do yin-yang☯. Não acho que a gente tem que ter a outra parte para ser completa, mas que a gente brinca de buscar, brinca. O caos contido no cosmos, o cosmos contido no caos. Às vezes nem precisa buscar, a bolinha preenchida tá na nossa parte vazia e o nosso vazio tá na parte preenchida. Complicado viver. Mas tão simples também. O outro binarismo que dei pra categorizar as pessoas é: canino ou felino. Esse pode ser mais difícil de identificar de cara. Há quem me julgue canina de cara. Formato dos olhos, sobrancelha. Mas quem me conhece de perto já tem outra visão: felina. Largo exemplos pra ver se quica: Michael Jackson? Felino! Obama? Canino! Se ligou? Whoopi Goldberg? Canina! Madonna? Felina. Tem uma coisa que dá pra sentir. Tomara que você sinta. É uma coisa física, mas também é uma coisa anímica, repara só. Uma vez achei dois pedaços de ímãs, pedaços grandes, na garagem do meu pai. Um sobrinho estava do meu lado quando fiz essa descoberta. Nem combinamos nada, ele simplesmente pegou um pedaço, eu peguei o outro, e silenciosamente ficamos brincando de nos afastar mas sentir os ímãs querendo se aproximar. A gente não deixava as pontas encostarem, até que, *PLAU*, elas grudavam. A força do ímã era maior que a minha força ou a do meu sobrinho. A gente riu tanto dessa besteira. Ímã é uma coisa muito infantil e hipnotizante. E eu posso fazer isso trinta e cinco vezes, e vai ser sempre impressionante. E já sei como funciona. Mas eu arrisco de novo e ainda sou assombrada pela necessidade de união desse material. Que besteira maravilhosa. Quantas vezes na vida não resisti a uma força oposta, só que de repente, *PLAU*, estava colada? Tentar a gente tenta; conseguir, nem sempre.

Meu nome é Catarina, mas meu pai queria Letícia. Talvez minha vida fosse diferente, os nomes carregam muita coisa. Há quem me chame de Cacá, Cata, mas eu peguei o rabo do meu nome, Rina, para criar uma persona esotérica: Tia Rina do Futuro. Durou apenas um dia essa maluquice. Te conto: não sei jogar nenhum jogo com baralho, nada. Buraco, Truco, Sueca, Burro. Nem Mau-Mau, que agora é Uno, nem isso eu sei jogar. Nada. Minha cabeça não compreende que aquelas cartas servem para recreação ou competição, não consigo. Desde muito antes do meu transplante de coração, já olhava para as cartas sem achar que dali viria alguma diversão. Nasci com uma grave cardiopatia congênita que enfraquece o músculo cardíaco, e até minha família entender isso a médica teve que repetir algumas vezes "o coração dela nasceu cansado". Me deram poucos anos de vida, mas, como sou felina e heroína, fui contrariando a medicina inteira e sobrevivendo aos perrengues cardíacos que se instauravam. Até que a doença chegou num ponto crítico e era preciso tomar uma decisão radical: transplante. Eu tinha quase vinte e nove anos, retorno de Saturno bombando e eu esperando alguém morrer, mas que o coração dessa pessoa não morresse, para que eu pudesse ser digna de recebê-lo. O coração sempre foi símbolo de estar vivo para a maioria das pessoas. Me lembro de ter que explicar para minhas amiguinhas da escola que seu coração pode estar pulsando, mas sua mente morta, e que isso não significa que você vai ter uma vida. Aprendi cedo sobre morte cerebral, e elas chocadas, assustadas, me olhando. Elas achavam, fofinhas, que enquanto o coração batia um ser humano tinha vida. Eu nunca consegui pensar isso, pois já cresci sabendo da separação cérebro x coração.

O irônico é que eu era muito bonitinha quando mais nova. Bela, felina, heroína, mas com coração completamente arruinado. Tive uma sorte absurda em pegar os melhores atributos de pai e mãe. Cabelo e boca de pai, nariz e olhos de mãe. Não peguei os defeitos físicos, impressionante. Mas, por dentro, um coração podre, podre, podre. Bonitinha, mas ordinária. Ainda tenho uma beleza que as pessoas sempre dão um olhadão de volta pra mim. Mas, por conta da minha fraqueza de coração, jamais consegui me manter em alguma atividade física. Então, com roupa ainda aparento ser gata. Sem roupa, já não me garanto. Sou muito fraca e flácida para minha idade. Mas a culpa é do coração. Lembro que eu tinha medo de me relacionar porque achava que morreria a qualquer momento, então tive duas relações, para fins antropológicos: uma com um homem e outra com uma mulher. Passeei um bocadinho mais, mas relação mesmo só essas duas. Ambos se apaixonaram, e eu não. Expliquei sobre minha condição, meu futuro incerto, e tanto ele quanto ela faziam juras de estar ao meu lado na saúde e na doença, mas eu não queria ninguém limpando minha bunda caso fosse necessário. Já tenho dificuldade com mãe e pai se metendo pra me ajudar. Imagina ficante, namorad_? Socorro! Apesar do celibato voluntário, me divirto por aí. Adoro olhar para gente feia na rua, por exemplo. Dou condição. Gente bonita me olha e eu viro a cara. Porque a vida é boa para essa gente. Só não foi tanto pra mim porque não pude utilizar minha beleza. Gente bonita (ou seria gente padrão?) não merece minha curiosidade. Homem feio, mulher feia, eu olho, e olho bem. Só não sorrio porque não quero que se aproximem, meu coração me cansa só de beijar, então não posso prometer nada. Mas eu olho que é para deixar o dia melhor, pra deixar a barriga tão gelada que parece que é quente mesmo. Cheguei a ter uma ideia fixa demente por um tempo: quanto mais a pessoa é feia, mais me visualizo dando um beijo nela. Explico: o cara da farmácia aqui do lado é feio. Pra sociedade, pra mim, enfim, feio. Enquanto ele conversa comigo, eu penso: e se eu o beijasse agora? Assim, do nada, levaria meu corpo pra frente e o beijaria. Mas são cenas tipo um raio. Iluminam rapidamente e depois tudo apaga. Não faria. Porém, elas pipocam forte. Isso tem acontecido muito, o homem que vem entregar água ou a prima de uma amiga, a médica da emergência, a caixa do supermercado, o dentista, um estranho, enfim, é só ser uma pessoa mais desprovida de atributos de beleza que eu penso nesse *E SE*. Isso já me rendeu uma gargalhada assustadora, pra mim e para a pessoa com quem eu estava, que, graças ao corpo humano, não entendeu nada. (Dos maiores medos, depois de ser abduzida ou de ratos, é leitura de pensamento. Se eu mesma não me controlo, imagina ser invadida sem ter noção ou controle, socorro. E se descobrem que sou tarada? Mas nem sou, sou apenas dodói mesmo. Do coração e da cabeça, talvez.) Gente feia pode ser canina ou felina. Gênio ou herói. Feiura é alastrável. Gente rica também pode ser horrorosa, lógico. No máximo, gastando rios de dinheiro, conseguem parecer mais novos do que realmente são. Por conta dos trocentos procedimentos. Mas isso não garante beleza alguma. E muitos até parecem mais velhos pelos tantos procedimentos. Desde cedo aprendi que não há garantias de nada. Pelo menos.

Assim passaram os anos: coração enfraquecido perdendo meus minimúsculos, negando encontros por cansaço e dando mole pra gente feia. Mas um mole suave, um mole pra ficarem pensando: "Será?". Se eu não gasto minha beleza transando por aí (nem tenho fôlego pra isso), pelo menos ofereço visualizações pra gente diferente. Me faz bem. Jamais contei isso a ninguém. Temo questionamentos chatos e realmente faço por diversão e generosidade. É como se fosse um incentivo, uma firmeza de olhar dentro de um olho que a maioria desvia. Gosto de oferecer meus olhos. Coração podre, mas olho viçoso. Tenho.

Minha doadora era uma mulher de quarenta e três anos. Não quis saber como ela morreu, quase que meu pai me conta, mas eu fiz um gesto felino de censura que o calou. Posso ter muitas imagens repetitivas na cabeça, e certamente não quero criar essa imagem da morte da minha doadora. Prefiro uma nuvem de infinitas possibilidades do que a verdadeira cena. Isso seria eternamente assustador. Depois do transplante, meu suor mudou. Meu cheiro, digo. Ainda estou no hospital, mas sinto que meu cheiro mudou, muito estranho isso porque ainda estou usando o mesmo desodorante, mas mudou. Parei de gostar de leite também. Sendo que eu amava, agora posso vomitar só de olhar um copo de leite puro. Tudo isso aconteceu, e a cardiologista, a psiquiatra e a psicanalista dizem que é normal. Tudo é possível. Sinto que eu agora fedo que nem a querida que morreu e me deixou o coração. Seria ela também uma heroína ou seria uma gênia? Canina ou felina? Insuportável pensar nisso, mas o sigilo é real, e não tenho acesso a nenhuma foto, o que prefiro. Mas não deixo de pensar. Vou arriscar um novo desodorante, e leite de vaca faz mal mesmo, maluquice de ser humano querer tomar leite de outra espécie, eu, hein! Mas as mudanças não pararam por aí. Tia Rina do Futuro ainda estava prestes a surgir.

Tudo começou quando eu estava no hospital, ainda me recuperando, e meu sobrinho insistiu em levar um baralho, mesmo sabendo que eu tenho pavor. Quando olhava para as cartas, não sentia uma faísca de diversão, um cheiro de excitação, nada. Era como se tivessem aberto a parte econômica de um jornal em russo. Não entendia nada e não conseguia pensar em como começar a entender. Mas crianças são insistentes, e Samuel, o sobrinho dos ímãs, levou o baralho em alguma visita. Ainda sou considerada uma tia legal, portanto não neguei. Para meu grande espanto, quando ele me deu as cartas para embaralhar, Jimmy Cliff começou a tocar na playlist da caixinha de música que estávamos ouvindo no quarto do hospital, fingindo que a vida era normal, que aquele era um sábado igual ao que teríamos em casa, com exceção de que eu estava com o peito rasgado no meio e um órgão com o qual nasci já não estava mais comigo. E sim o órgão da querida que morreu no cérebro e gentilmente me cedeu.

"I can see clearly now, the rain is gone..."

Antes da cirurgia, eu bem espiei na deep web como era feito o procedimento, e a gente vira uma espécie de balde. Balde não, porque é fundo, mas a gente é tipo uma bacia. Rasgam o peito bem no meio, aí abrem as peles, como se fossem as cortinas do teatro. Prendem com uns pregadores lá e *tcharan*, o show vai começar! O coração ali na bacia. E saem cortando, desplugando, desconectando. Violenta a parada. Brutal, quase. Ah, sim, claro, obrigada, Thomas Green Morton, inventor da anestesia geral, mas a recuperação dói. Dói pra caralho, dói pra buceta. Obrigada também, morta que me doou o coração, obrigada, acaso, que me deu a nova chance, mas a sensação é como se eu estivesse sem coração algum tamanha a dor na região. Delirando de dor, Jimmy Cliff adentra no recinto e continua:

"I can see all obstacles in my way..."

Olho para as cartas de uma maneira nova. Parece que caiu um raio aqui. Iluminou tudo. Mas o breu ainda não voltou. Esse raio dura. Pego um ás de paus, ás de ouros, ás de espadas e um ás de copas e posiciono um do lado do outro. Samuel e eu estamos sozinhos dentro do quarto. Meu pai, minha mãe e meu irmão saíram para tomar café ou conversar com a médica. Samuel não sabe o que estou fazendo e pergunta qual vai ser o jogo. Respondo que nem sei, apenas sigo embaralhando.

"It's gonna be a bright (bright), bright (bright), sunshiny day"

— Vai chover hoje? — pergunto e tiro uma carta: seis de ouros. — Não, não vai chover.

— Como você sabe, tia?

— Porque saiu ouros. Ouros é não, Samuel.

— Ah, é?

— É! Vou conseguir andar até o final da semana que vem? — Saiu valete de paus. — Oba, vou conseguir sim!

— Por que você acha?

— Porque saiu paus! Paus é sim!

— Posso perguntar, tia?

— Claro! Manda ver!

— Vou ganhar uma bicicleta maior no Natal?

Fico feliz por ele querer uma bicicleta e não um video game. Nem eu sei o que estou fazendo, mas tudo parece natural. Viro a carta do topo do monte.

— Hum... dois de espadas. Espadas é "talvez" ou "mais ou menos". Ela não sabe se você vai ganhar uma bike...

— Ela quem?

— A entidade que está nos respondendo através das cartas!

— Entidade?

— É, tipo um espírito.

Samuel tem sete anos, é completamente canino e talvez mais inclinado a ser herói também. E eu realmente não sei do que eu estou falando. Apenas posso ver as coisas claramente agora que a chuva passou.

— Mas a gente vai ficar com medo?

— Não sei, vamos perguntar pra ele? Você é um espírito que vai nos dar medo? — Sai um oito de copas! — Nunca. Copas é nunca!

— Que bom, tia. Então ele é um espírito brincalhão?

— Você é um espírito brincalhão? — Sai um dois de paus. — Sim, é um espírito brincalhão, Samuel! — Ele não gosta de ser chamado de Samuca, achei tão bom quando ele pediu pra todo mundo parar de inventar apelido, queria ser chamado de Samuel, ponto. Talvez ele seja felino?

— Eu também vou ter que ter outro coração?

Ele pergunta com uma vozinha tão calma e inocente, deve achar que todo mundo dessa família tem que passar por isso, coitado. Não que ninguém tenha passado, mas pode achar que a tradição começou agora comigo e o próximo é ele. Penso se devo tirar uma carta. Nunca levei isso a sério, mas estou vendo tudo mais claro agora, Jimmy, paus é sim, ouros é não, espadas é talvez ou mais ou menos e copas é nunca. Acredito nisso como acreditei em poucas coisas na vida. É um espírito brincalhão, mas não quero assustar Samuel. Eu já nasci assustada e preparada para morrer, mas ele, tadinho, muito novo. Se sair SIM, ele vai ficar impressionado.

— Tira uma carta, tia! Vai!

Penso em roubar, mas agora já estamos aqui, agora já virei a Tia Catarina do Futuro. Tia Rina, porque Samuel me chama assim. Ele não gosta, mas eu gosto de apelido. Ele inventou esse, acatei com ternura. Só ele me chama pelo fim do nome. O coração da morta me fez suar diferente e detestar leite e talvez a querida fosse médium, as coisas estão vindo, não que eu saiba ou sinta, mas leio nas escolhas randômicas das cartas. Estou tomando muito analgésico, é verdade, mas estou tendo um outro barato. Já sei identificar o que é medicina e o que não é. Agora não tem volta. Tiro uma carta.

— Que carta é essa, tia?

— É um coringão, Samuel. O Joker, sabe? Significa mistério.

— Como assim? Ele não vai responder?

— Não, ele não vai responder. É um mistério se você vai ter que operar o coração ou não.

Achei que fosse ficar triste, mas que nada, logo desatou a fazer mais perguntas, uma mais engraçada que a outra. Se ia ter irmão, espadas disse que talvez. Se ia continuar na mesma sala que o Vicente e o Vinícius, paus confirmou que sim, para sua alegria. Se iriam no parque aquático no fim de semana, e copas meteu um nunca, que foi difícil explicar, mas eu disse que talvez nunca naquele parque aquático, e sim num outro, numa outra cidade, com certeza. Rolou também de querer saber se ia conseguir dar uma cambalhota dentro da piscina, e ouros disse que não, ele ficou chateado, mas eu disse que aquilo era pra agora, não pra vida inteira. Ele parecia estar gostando do jogo. Parecia que estávamos de novo brincando de ímãs. Besteiras e bobagens saíam das nossas bocas e *PLAU*, um naipe nos guiava e aceitávamos, mesmo quando não ficávamos felizes com a resposta.

— Quem é você?

Ele perguntou, e tive que explicar que as respostas eram apenas sim, não, talvez/mais ou menos ou nunca, não era possível saber quem o espírito era. Ele pareceu entender e veio com a bomba:

— Você é a dona do coração da Tia Rina?

PLAU! Não quero, mas quero muito saber. Se for a querida, vou acabar adentrando um mundo de: "Você morreu de acidente? De uma doença terrível? Você amava sua vida? Sua família vai me procurar? Seu ex-marido vai se apaixonar por mim? Você era sapatão? Bi? Religiosa? Tomava leite? Fedia sem desodorante? Você era felina ou canina?". Que medo de mim. Heroína provavelmente era porque me salvou. Mas quem disse que foi da vontade dela? Talvez fosse uma gênia que por ódio ao mundo tenha se matado. Ou sido atropelada por um motorista imbecil enquanto ela pedalava feliz pela manhã. Estou delirando. Talvez precise de morfina hoje.

— Ih, tia, saiu mistério de novo.

Estou toda arrepiada. O Joker feliz estampado na carta, e eu arrepiada com a vida. E arrepio, uma vez me explicaram, é confirmação. Mesmo com a dúvida do coringão, parece que minha pele confirmou que é ela. Nessa hora, o enfermeiro da tarde entra. Ele é horroroso. Felino e horrível. Talvez seja mais pra gênio.

— Ah, brincando com o irmãozinho pra se distrair?

— Que nada, ele é meu sobrinho, Jefferson. E você, tudo bem hoje? Vai sair depois daqui?

— Não posso... Tenho que estudar para um curso que tô fazendo.

— Ah, que pena, se não te chamava pra festa que vou hoje.

— Que festa, tia? Você não vai dormir aqui?

(Tenso paquerar na frente de crianças.)

— É uma festa na minha cabeça...

Olho intensamente dentro do olho feio de Jefferson. Ele sorri feiamente. Eu dou uma piscadinha ligeira. Ele pergunta se quero alguma coisa, se tudo está bem. Eu respondo que sim, tudo bem. E ainda digo: "Você quer saber algo do seu futuro?". Explico brevemente como o jogo funciona. Jefferson diz que sua religião não permite esse tipo de jogo. Samuel fica confuso, minha família é agnóstica, durante todo o meu transplante ninguém nunca falou a palavra "religião", nem rezaram, nada. Samuel não compreende e até começa a pegar outro brinquedo para jogar, tamanha a falta de sensatez na frase do enfermeiro. Juro que não vou contar para ninguém que ele fez uma pergunta sobre o futuro. Ele se aproxima da cama. Que sou boa em guardar segredos. Mesmo transplantada, eu ainda me valho de algum charme.

— Vou conseguir virar enfermeiro-chefe? Um dia?

Que situação em que eu me meti. Se sair copas (nunca), Jefferson sai daqui arrasado, achando que sou demoníaca, a mensageira de uma terrível possibilidade. Mal comecei a brincar disso e estou ficando ciente do poder. Quero voltar a olhar cartas e bocejar. Estou fodida. E agora, José? E agora, Jefferson? Tiro uma carta: cinco de paus. Ufa. Deu sim. Grito "SIM" na sala. Jefferson bate palma, meu sobrinho até volta a ficar mais perto pelo grito empolgado. Jefferson diz que tem que ir embora e agradece. Engraçado ele não ter curiosidade em saber o porquê do sim. Foi pelo cinco ou foi pelo paus, ou foi da minha cabeça? Jefferson acredita em mim, que graça. Só um enfermeiro feio mesmo para acreditar em mim a essa altura do campeonato. Claro, estou transplantada, esperando se meu corpo vai rejeitar meu novo órgão ou não, toda costurada, dolorida, e ainda por cima, ele é feinho. Claro que esse homem vai acreditar em mim. Que horrível é a vida.

— Tia Rina, só as cartas sabem do futuro?

— Não, meu amor, dá pra saber de outras maneiras. Calhou d'eu saber com as cartas. Mas acho que não quero mais brincar disso. Tudo bem pra você?

— Tudo, a gente pode fazer outra coisa. Sabe o quê? Tem um aplicativo que dá pra fazer música no celular do papai e aí...

Samuel sai falando. Canino que é. Quando eu resolvo guardar o baralho, ele me interrompe:

— Não, tia! Você tem que perguntar se pode acabar o jogo!

Não vejo lógica, mas obedeço. Crianças sabem mais sobre o lado de lá do que a gente.

— Posso fechar o jogo?

Dois de copas. *Nunca*. Samuel ri.

— Por favor, podemos fechar o jogo? — Tento ser educada.

Dez de ouros. *Não*. Mas "não" não é "nunca". Já melhorou.

— Gostaríamos muito de fechar o jogo.

Outro ouros. Isso pode demorar. Minha nossa, onde fui me meter?

— Espírito, a gente quer brincar de outra coisa, deixa a gente fechar o jogo? — Samuel pergunta com sua voz, mas agora um pouco diferente, outro tom. Curioso. Estranho.

Sai um sete de paus. *Sim*. Sim. Podemos fechar o jogo. Ufa. Será um brilhante, brilhante dia de sol. Samuel ri e não entende muito bem o que se passou por aqui. Ou eu que estou com vontade de chorar e que não entendi o que acaba de acontecer? Fecho o jogo, sinto meu cheiro do sovaco do passado no ar. Mas dou uma cafungada mais próxima, e não é bem assim. O cheiro do novo coração ainda está lá, impregnado. Resolvo rezar para a ex-dona do meu órgão. Não sei como fazer. Junto as mãos? Digo ave maria, pai nosso? A quem direciono essa reza? Como se reza? E se meu pai e minha mãe voltarem bem agora? Irão rir de mim ou irão demolir anos de guarda alta e se render à fé? O que mais pode acontecer nesse quarto hoje? Que música vai começar? Jimmy Cliff é canino, claro! Gênio? Mais pra gênio. Samuel está me olhando com uma carinha diferente. Com crianças, eu nunca sei o que está acontecendo direito. Estão vendo coisas que não vemos ou só são muito expressivas? A adolescência é que é um inferno. Perdem qualquer relevância facial. Alegria e raiva? A mesma cara enfadonha. E também perdem qualquer contato com o invisível. Preciso aproveitar que ainda sou uma tia cuja presença é desejada. Preciso aproveitar o canal que parece que foi aberto.

— Samuel, o que você quer ser quando crescer?

Não gosto tanto dessa pergunta, mas é quase inevitável perguntar isso para um ser humano que vi nascer e que tomara que ainda veja ficar mais velho. Se responder algo engraçado, vou poder contar pra ele no dia da formatura. Acho que o coração da quarentona me encaretou.

— Quero ser algo que descubra por que a gente existe.

PLAU! Meu novo coração acelera um tiquinho.

— Tipo um filósofo?

— Nem sei o que é isso, tia. Só quero saber por que a gente existe, mesmo.

A cara dele fica um pouco diferente, mais felina. Minha face está estatelada. Espírito, você encerrou o jogo? Tem um ímã no meu olho e outro no olho do meu sobrinho?

— Mas não se preocupa, tia. Isso não vai me enlouquecer. Isso vai me dar propósito.

Samuel pisca pra mim como se fosse outra pessoa. Talvez ele seja. O espírito? A morta doadora? Meu pai, minha mãe e meu irmão voltam bem nessa hora. Corte lacaniano. Queria saber mais, mas ele já está abrindo algum joguinho de construção de minimundos no celular do pai. Minha família toda sorridente. Trazem a boa notícia: a médica está confiante que não vou rejeitar meu novo coração. *Talvez só meu novo cheiro*, penso enquanto sorrio. Mas isso não vai me enlouquecer. Vai me dar propósito.

PAUSA PORQUE NÃO SE AGUENTA MAIS BRINCAR:

Se eu puder, quero ser mais Elke Maravilha do que Pedro de Lara. Obviamente que não consigo. Detesto muito mais do que amo. Critico muito mais do que aplaudo. Mas estou num esforço hercúleo para ser mais Elke. Chamar todo mundo de criança, achar tudo uma gracinha e dar dez até pra quem é ruim. Pra quem nem sabe que nomes são esses, explico rapidamente que, no final do século XX, rolava um programa de auditório, e pessoas comuns cantavam, e tinha uma bancada de jurados, e Elke era um deslumbre de beleza e de simpatia e de bondade, toda querida com os desconhecidos, e Pedro de Lara era cara fechada, do contra, chatola, mala. Acabava com geral. Sempre fui hipnotizada na Elke, não sabia se eu queria ser Elke ou comê-la. A bicha nasceu na puta que pariu, viu guerra, passou fome, foi presa, assediada (estuprada?) e ainda inventou um jeito de conseguir. De se emperiquitar, de sair na rua como uma instalação. Pra ela, dou dez e aplaudo. Já eu, sou digna de cinco, um pouco de raiva e uma ou duas vaias. Silvio Santos monstruoso me pressiona para eu investir na personagem e não consigo achar o ponto de equilíbrio. Ou acordo De Lara ou desperto Maravilha. Lembrei de Fio Maravilha, Mara Maravilha, Túlio Maravilha. Será que mudando o sobrenome para essa palavra a gente atrai algum encanto para nossa vida? Que besteira, mas bem fico falando na voz dentro da cabeça meu nome + maravilha. Meu nome + maravilha. A voz da minha cabeça é tão mais bonita que minha voz dita. Outro dia um homem disse que não tinha voz dentro da cabeça dele. Disse que pensava, mas sem som. Abismei-me, abracei minha Vênus e chutei meu Marte. Como pode não ter voz dentro da cabeça? De cara, pensei em vaiá-lo, mas depois pensei em comê-lo e me lembrei da minha vida de "wannabe cósmica, porém caótica" e comecei a aplaudi-lo. Dei dez pra ele. Deve ser bom só pensar sem vozes na cabeça. Deve ser aliviante. Teve um lance que achei uma baita d'uma maravilha, mas fiquei com vergonha de aplaudir, pois vaiaram tanto que me encolhi na arquibancada. É nessa hora que me falta a Elke. Entendo lhufas de moda, por vezes sou boneca de algumas pessoas, mas euzinha comigo mesma é pano sob pano. Penso nas cores, e vida que segue. Se milhões estivessem na minha conta, talvez a história fosse outra e aí eu poderia ser mais Elke mesmo, porque ser excêntrica custa caro. Parece que é só ir na feirinha do bairro e colocar uns penduricalhos, mas a chance de ser ridícula é infinitamente maior do que a chance de ser uma excêntrica bonitona. Mas, sim, volto: houve um desfile, jamais saberei o nome da marca ou da pessoa que cria (perdão, mundo), mas lembro que rolaram animais nos vestidos. Leões, panteras e outras feras. Óbvio que tudo de mentira. Alguma pessoa criou esses animais de forma perfeita, para dar a impressão de que era real, mas aí é que tá: não era. Enquanto eu arrancava algum pentelho encravado na virilha, a internet veio abaixo. (Queria que a internet fosse *O* internet, é tão bélica que acho que o artigo masculino combinaria mais.) As pessoas detonaram o desfile, esculhambaram a pessoa que fez, acabaram com a pessoa que escolheu, as pessoas foram super Pedro de Lara, nojentas e raivosas, vaiaram e deram zero de forma muito rápida e tosca. Já a minha criança, a pequena Elke, a pequena Maravilhinha que vive em mim, sonhou quanto custaria esse vestido. Imagina essa evolução: não precisamos mais matar bichos para usar suas peles, podemos criar, tem couro de cactus já, rolam tantas substituições viáveis. Chegamos nesse nível de excelência: desde que os nerds mudaram tudo com o filme Jurassic Park, muitos artistas manuais mofaram (houve um artista de massa de modelar que criou vários dinossauros e fez uma animação, mas quando Spielberg viu os efeitos dos nerds do computador, já era. Já era para o modelador, já era para um monte de gente que usava as mãos. Já era geral. Tristeza, desemprego e anúncio que a Inteligência Artificial iria chegar tal qual tsunami). Aí me vem essa marca, que agora eu já fui no buscador queridão (mas que também me espiona) e diz que é Schiaparelli, enfim, essa Schiaparelli me vem e me cria umas roupas de pantera e leão, idênticas aos bichos, formidável. Mas não. Galera vaia e na calada da noite compra lookinho da Zara, da Shein. Trabalho escravo, "mas, poxa, oitenta e nove e noventa, miga". Asco. Extravagâncias não são mais aplaudidas. São mais execradas. As pessoas querem a alegria positiva, não a alegria revolucionária. "Não pesa o clima com esse look não", eu quase conseguia ouvir o internet falando.

Nietzschezinho me dá um cutucadão: "Astúcia, mizifia! Melhor que violência!". Sacudo-me, compreendo e viro a chave. Quero ser astuta como Elke e não violenta como De Lara. E assim: eram vestidos lindos, minha nossa senhora dos vestidos, eram vestidos animalescos, eram vestidos de mentira, eram vestidos de verdade, perfeitos e horríveis, belérrimos e assustadores. Era tudo muito esquisito e belo. E por isso eu me apaixonei. Diz que os vestidos remetem à época da caça e que é impossível desassociar, por isso o mau gosto da escolha, não sei o quê, não sei o que lá. Não concordo. Jamais pensei na caça, e sobre o perigo da extinção penso quase semanalmente na dissimétrica beleza do extinto lobo-da-tasmânia e na ingenuidade dos dodôs que não sabiam voar. Mas o vestido não me fez pensar em nada disso.

É que as pessoas são pouco criativas, e não há mais espaço para fantasias. *O que é, é o que é.* Se veem um leão sem se mexer, pensam nele morto. Logo, foi caçado. Logo, vai entrar em extinção. Logo, que inferno! Que bobagem. Ver o leão no vestido me transportou para tantas fantasias que não apenas só o leão. "Oh, life is bigger." Canta R.E.M. pra sempre nos meus ouvidos. Tento ser Elke, mas como posso com essa gente? Se bem que ela era uma queridona e simplesmente aplaudia até quem não merecia. Talvez me falte isso. Aplausos para os burros e ignorantes. Talvez precisem de um aplausozinho para ver se alguma ignição cerebral dá um tranco. Mas já acho essa gente tão aplaudida. As que nunca erram, as que não têm nenhuma mancha no passado, as que sempre mandaram bem, essa gente está aí sendo aplaudida até pelos Pedros de Laras, não há escapatória.

Penso em replicar algum comentário, mas meus dedos me impedem de cair em alguma discussão internética onde nada ocorrerá de fato, apenas o tempo será perdido. Quando me olho no espelho, e vejo meu rosto sem procedimentos, sei exatamente qual ruga nasceu após o Twitter. Essa ruga surgiu com o Instagram. Essa ruga aqui é mais pela substituição do email pelo WhatsApp. Essa outra ruga aqui é do Sol, eu gosto de ter a cara de quem tomou um solzinho. Pareço ser mais velha? Tenho manchas? Dermatologistas me usam como não exemplo? Pois essa ruga aqui na minha testa se chama "Foda-se". É a minha favorita. O Sol é meu quinto grande amor. É bom ter férias dos grandes amores, mas é tão bom também estar junto. De repente. Um tiquinho.

Tenho medo de ser Elke demais e ter dores no bucinador. Descobri que é o nome do músculo da bochecha. Mas acho que essa dor é mais para Princesas Dianas, essa gente monárquica. Ou aeromoças. Nunca esquecer das aeromoças. Zeus as pague! A partir de agora, farei mais cara de quem está achando tudo uma gracinha. E não vai ser caô. Porque talvez tudo seja. Quando a natureza divina me ajuda, tudo é uma gracinha. Crianças, crianças, não se esqueçam de brincar.

AGRADECIMENTOS

Muitas pessoas queridas (e outras nem tanto) já estiveram em mesas enormes de restaurante comigo. Ou dentro de uma van num trânsito interminável. Acredito no jogo e na brincadeira como forma de sobrevivência e conhecimento. Conheci muita gente brincando. Brincar envolve constância, tesão, curiosidade e graça, tudo que busco na vida. Algumas pessoas estão comigo desde o início do tabuleiro; outras chegaram agora, quando as cartas do Uno já são feitas de um material que dá pra levar pra piscina (inclusive, estou no aguardo desse presente). A todas, sou muito grata pelo fair play. Aprendi um bocado, não roubei (apesar de insistirem nesse tema), dei mais dicas do que devia, mas, acima de tudo, observei cenas e comportamentos (meus, de vocês, nossos) que me renderam este livro biruta.

Quero mais e sempre:

Thiago, Katja, Bernardo, Leo, Dani, Luli, Marcelo, Keli, Aninha, Bruna, Leïlah, Arthur, Natércia, Lipe, Paulo, Lucas, Ana, Sergio, Rebello, Luiz, Nadal, Volmir, Nata & Dani, Marcio, Pedro, Julio, Tici, Joana, Caleb, Latini, Lôu, Yasmin, Gabriel, Zarpey, Navalha, Lourenço, Clara, e tantas figuras efêmeras que já não lembro o nome, mas sim, brincamos. Jogamos. The mind.

Gracias mil, Marina Lima, botafoguense, e Pedro Bial, tricolor, pela generosidade das palavras.

Agradeço ao meu pai, por ter me ensinado que jogo bom é jogo divertido; e mãe, por ter me implantado a generosidade: não é tão bom ganhar de lavada assim. Dá pra só ganhar, sem precisar humilhar. Rá!

Um beijo pra vovó Régia, pela malícia ensinada para jogar Buraco. Até hoje ainda não peguei no tranco, mas um dia eu melhoro.

SOBRE A AUTORA:

Letícia Novaes, a **Letrux**, é um dos nomes de maior destaque no cenário da música independente contemporânea. Seu primeiro disco como Letrux, *Em noite de climão*, foi lançado em 2017 e a tornou conhecida em todo o país. Em 2020, lançou o segundo álbum de seu projeto musical, *Letrux aos prantos*, com participações especiais de Liniker e Lovefoxxx. Esse álbum foi finalista do Grammy Latino de 2020, na categoria Melhor Álbum de Rock ou de Música Alternativa em Língua Portuguesa.

Cantora, compositora, atriz, escritora e poeta, Letícia publicou o livro *Zaralha – abri minha pasta* em 2015. Pela Planeta, lançou *Tudo que já nadei* em 2021. Ainda em seus percursos literários, apresentou o show *Línguas e Poesias*, declamando versos de poetas a quem sempre teve devoção.

Foi colunista de *O Globo*, no "Segundo Caderno", e atualmente assina uma coluna mensal na *Revista Gama* (*Nexo*). Alerta e sensível às questões de nosso tempo, Letícia acompanha e apoia causas como o feminismo, a luta pela igualdade de gênero e o combate ao racismo e à homofobia, entre outros temas, sobretudo os ligados aos direitos humanos.

LEIA TAMBÉM

Nessa coletânea de textões (ressaca),
poemas (quebra-mar) e aforismos (marolinhas),
mergulhe na voz potente e afetiva de Letrux.

Acreditamos nos livros

Este livro foi composto em IBM Plex Sans e impresso pela Gráfica Santa Marta para a Editora Planeta do Brasil em julho de 2025.